L E   P O U L P E

# JE REPARS À ZORRO

**LE POULPE**

| | |
|---|---|
| Jean-Bernard Pouy | *La petite écuyère a cafté* |
| Serge Quadruppani | *Saigne sur mer* |
| Patrick Raynal | *Arrêtez le carrelage* |
| Didier Daeninckx | *Nazis dans le métro* |
| Noël Simsolo | *Un travelo nommé désir* |
| Franck Pavloff | *Un trou dans la zone* |
| Paul Vecchiali | *La pieuvre par neuf* |
| Jean-Jacques Reboux | *La cerise sur le gâteux* |
| Claude Mesplède | *Le cantique des cantines* |
| Pascal Dessaint | *Les pis rennais* |
| Olivier Thiébaut | *Les pieds de la dame aux clebs* |
| Gérard Delteil | *Chili incarné* |
| Roger Martin | *Le G.A.L., l'égout* |
| Jean-Christophe Pinpin | *Les gens bons bâillonnés* |
| Bertrand Delcour | *Les sectes mercenaires* |
| Hervé Prudon | *Ouarzazate et mourir* |
| Guillaume Nicloux | *Le saint des seins* |
| Roger Dadoun | *Allah recherche l'autan perdu* |
| Pascale Fonteneau | *Les damnés de l'artère* |
| Sylvie Granotier | *Comme un coq en plâtre* |
| Romain Goupil | *Lundi, c'est sodomie* |
| Olivier Douyère | *Bunker Menteur* |
| François Joly | *Chicagone* |
| Michel Chevron | *J'irai faire Kafka sur vos tombes* |
| Mano Gentil | *Boucher double* |
| Mouloud Akkouche | *Causse toujours !* |
| Serge Meynard | *Lapin dixit* |
| Chantal Pelletier | *Lavande tuera* |
| Michel Cardoze | *Du hachis à Parmentier* |
| Jacques Vallet | *L'amour tarde à Dijon* |
| Gérard Lefort | *Vomi soit qui malle y pense* |
| Yannick Bourg | *Les potes de la perception* |
| Aïdé Caillot | *Le Karma saut'ra* |
| Alain Puiseux | *Je repars à Zorro* |
| Alain Bellet | *Danse avec Loulou* |

ISBN : 2-84219-053-X

ISSN : 1265-986X

LE POULPE

alain puiseux

# JE REPARS À ZORRO

LE POULPE

ÉDITIONS BALEINE

Du même auteur :

Monsieur Sotheby et les oiseaux, Gallimard, La Noire, 1993
Cortez et Crisson, Gallimard, La Noire, 1994

*« Et n'oublie pas le vent. »*
Norman Jake Pemberton

À Jimmy et Nelson, Alice, Adèle M,
Léna, Pivoine et Capucine.
Et à Lorraine, ma fille.

## 0 - Prologue

– Joie, dit le numéro un.
– …paix…, poursuivit le numéro deux.
– …et gloubi-boulga ! promit le numéro neuf en hochant sa grosse tête et son pied-de-biche.

## 1 - Merci

Le gardien de la paix Massonnat était entré dans la police pour arrêter les voleurs, pas pour prendre une porte dans la gueule. Pourtant c'est exactement ce qui lui arriva.

La porte était en tôle, rivetée, blindée. C'était une lourde pénitentiaire, sûre de sa force, épaisse comme le sarcasme. Joseph s'était déjà enquis de savoir pourquoi elle n'était jamais fermée : le lieutenant de police Mangin lui avait expliqué qu'ici on ne se pressait pas pour entrer ; et que le danger, si danger il y avait, venait de l'intérieur. L'intérieur était bien gardé. Ils étaient là pour ça.

La porte, il suffisait de la pousser.

La nuque de Massonnat heurta le calendrier publicitaire offert par un fabricant de pneus. Il s'effondra avec méthode, emmenant dans l'abîme le calendrier, la punaise, et quelques idées neuves sur le plafond.

Le tube au néon tournoyait. Un ventilateur souffla sous son crâne de rudes odeurs de sang, de malaise, de vertige et d'hôpital. Massonnat surchauffait calmement.

Il resta accroupi quelques secondes, le temps de se demander pour qui clignotaient les rampes d'atterrissage. Il descendait encore. Les joints du carrelage étaient des canaux, des routes, des haies. Une main secourable le tira sur le côté pour qu'il puisse s'allonger, et même, une autre retint sa chute. Il pensa qu'ainsi il serait mieux installé pour dormir et machinalement, dit merci en éternuant un peu de sang. Le carrelage sous sa joue était froid et rugueux. Les canaux n'étaient pas profonds.

La main sur sa joue était tiède, et douce, et pelucheuse. Il s'endormit comme un grand.

## 2 - Huit poussins

Joseph Massonnat avait des abeilles plein la tête. Elles turbinaient avec le sourire et ne lui voulaient pas de mal. Elles volaient sacrément bas. Joseph sourit. Le monde avait basculé sur le côté, on avait renversé la télé. Ce n'était pas tous les jours que la salle de garde se remplissait de ventres, dans la lumière épatante d'une explosion feutrée.

Il y en avait partout, des ventres orange.

Les ventres étaient mous de partout et tremblotaient : de gros sacs que l'on aurait dits secoués par un rire intérieur invincible. Le gardien de la paix Joseph Massonnat se mit à rire bêtement.

Les ventres avaient des yeux. Des globes pleins de tendresse, énormes, grands comme des œufs.

Les ventres avaient une queue.

Ils s'en trimballaient chacun une énorme, triangulaire et dentelée. Elle prenait naissance dans leur nuque : la crête préhistorique et pointue dévalait leur dos, avant de balayer le sol comme un appendice perpétuellement distrait. Même, elle ne faisait rien que des bêtises en balayant tout sur son passage.

Les ventres avaient des pattes, puisqu'ils étaient debout. Et puis ils exhibaient, au bout de bras courtauds, des doigts épais comme des saucisses. Les ventres faisaient le ménage dans les locaux de la police. Les ventres avaient pris d'assaut et envahi le centre de rétention administrative. Joseph Massonnat les entendait faire valser d'autres portes, envahir les couloirs, bousculer tout ce qu'ils trouvaient en travers de leur route. Probable aussi qu'ils élargissaient les cellules à coups de pompes en faisant tomber les cloisons. Putains de bestioles hilares. Sûr, il les connaissait. Même, il les avait déjà vues. Mais où ?

– C'est pas des poussins, marmonna Joseph Massonnat dont la vue se brouillait.

Il croyait avoir parlé très bas, tout bas. N'empêche que les sons comme les images se balançaient au bout de drôles d'élastiques. Massonnat se sentit pendule. Yoyo. Le poussin énorme, aux yeux globuleux, qui se penchait vers lui sembla happé en arrière lorsqu'il se redressa. L'iris des yeux était peint au pinceau sur le plastique blanc des balles de ping-pong.

– C'est pas des poussins, répéta le poussin, en hochant la tête qu'il avait grosse comme une citrouille, et vissée sur son absence de cou par une collerette renaissance.

La créature avait aussi une drôle de manière de se dandiner et de ne jamais plier les bras. Elle les avait petits, et les gardait croisés sur ce bidon énorme, réjoui, heureux. Les autres aussi. Ça ne les empêchait pas d'être efficaces.

Contre le mur, les quatre collègues de Massonnat faisaient tout pour ressembler à des bas-reliefs. Ils étaient chacun bloqués, la tête coincée sous l'étagère, par quatre bonbonnes de feutrine jaune qui leur avaient fourré une matraque sous la gorge et un genou dans les roustons. Quand ils furent à point, les ventres à pattes les autorisèrent à s'allonger par terre avant, eux-mêmes, de s'asseoir sur leur torse et leurs jambes. Ils couvaient. Ils semblaient tous hilares : la faute au sourire de pleine lune cousu sur leur pif d'imbéciles. L'un d'eux pencha doucement la tête pour contempler Massonnat.

Au fond de sa bouche, deux yeux très humains et plutôt froids. Massonnat leur renvoya un sourire d'enfant timide. Il avait froid. Des pieds vinrent se promener à hauteur de son nez.

Vus d'aussi près, ils étaient deux fois monstrueux : trois orteils, mais grands chacun comme un poing fermé. Quand ils se rassemblaient, les pieds avaient l'air de converser. Puis ils se saluaient et partaient, pas toujours ensemble. Ils ne se cognaient jamais : chouette organisation. Un peu comme des fourmis de documentaire. Massonnat depuis son rez-de-chaussée vit, aussi, des mocassins, des baskets, un arrivage de sandales.

Massonnat vit défiler devant lui les pieds des neuf Zaïrois de l'îlot Vallette, des deux réfugiés asiatiques pêchés dans les caves, et qui avaient bouffé leurs papiers dans le car PS ; les pieds des quatre Tamouls non homologués ramassés aux Halles, du petit tailleur kurde et de ses cinq frères. Et d'autres encore : il en sortait de partout des pieds affolés, portant des corps qui ne croyaient pas encore à leur liberté. Ils se cognaient dans toutes les langues. Un vrai bal, costumé par un marchand de fripes en couleurs. Une ronde qui sûrement s'envolait du parking pour aller danser autour de la terre, comme sur le dessin de couverture des livres d'école. Massonnat avait claqué la veille au soir treize tickets restaurants au MacDo, à peine de quoi alimenter les premières cellules. Tout ce qu'il avait dans la poche de sa veste.

Massonnat n'était pas entré dans la police pour écouter des gens avoir faim.

– C'est pas des poussins, c'est des Casimir, lui chuchota la grande Noire qui était accroupie devant lui.

Elle avait gardé ses petites nattes, les mêmes que lorsqu'ils l'avaient cueillie au comptoir de la préfecture ; raides, épaisses comme des pattes de poulet, avec juste assez de ruban rouge noué dedans pour faire une légion d'honneur. Deux petites antennes naïves : du genre qu'on dessinait aux Martiens dans les dessins comiques. Elle était sans colère, et sans surprise non plus. Plutôt chouette avec son caleçon léopard et sa doudoune ras des seins. Mangin lui avait dit qu'elle avait un doctorat de philo, et que ça ne l'impressionnait pas plus que ça.

– Ils vous apprennent rien à l'école de police ?

Elle mit les mains sur les hanches, lui posa un baiser sur le front, faucha la casquette que Massonnat tenait serrée contre lui et s'envola en battant des antennes. Les bonbonnes, huit ou neuf peut-être, avaient terminé d'attacher les effectifs du centre avec leurs propres menottes. Sauf Massonnat qui les regarda partir. Ils avaient vraiment d'énormes pieds, larges comme des feuilles de rhubarbe : cela les obligeait à marcher en canard, et à secouer un cul approprié. Massonnat trouva ça très drôle. Il se sentit devenir idiot, et tout petit lorsqu'il gerba ses coquillettes.

Les gros sacs en habit de feutrine ne laissèrent aucun tract. Ils ne touchèrent pas aux armes. Ils sortirent en laissant la porte grande ouverte et en sifflotant. Tous le même air.

En plus, ils piquèrent les cars.

Massonnat se laissa couler au pays des rêves où les flics, d'un seul doigt rêveur, commandent la circulation des anges.

## 3 - Sa part d'éternité

Il y a sur terre un îlot de paix que la bourse de Tokyo néglige, et réciproquement.

Gabriel en poussa la porte peu après huit heures du matin, quelque part sur le boulevard Ledru-Rollin, Paris 11ème.

Debout dans l'embrasure, ses journaux sous le bras, il renifla le vent tiède du percolateur comme on flaire un vent qui vient de terre. Le Pied de Porc à la Sainte-Scolasse était son havre. Son port d'attache. Sa maison mère. Gabriel n'y venait pas depuis vingt ans mais depuis toujours et savait pourquoi : pour y toucher sa part d'éternité.

Salué par les mains tremblantes de clients d'élite, fêté par le chien du bord qui, le découvrant, en fit sonner sa mâchoire intérieure contre le carrelage, Gabriel repoussa la porte et ses sonnailles. Ici, entre les tables plaquées Formica et le zinc en vrai zinc, dans ce bistrot-étalon isolé du monde extérieur par un rempart d'affiches qui faisaient le gros dos, Gabriel était chez lui à volonté.

Il salua d'un sourire collectif l'humanité dispersée dans la salle : les fiers gardiens de leur propre temple que la prudence déguisait en vieux, en employés des postes, en représentants en moquette, en commis charcutiers, en pleurnicheurs d'habitudes, en tricards de la réussite et en ivrognes assermentés. Comme le Johnny Walker de plastique qui arpentait l'étagère ils prenaient souvent les mêmes poses pour être sûrs de ne surprendre personne.

De temps en temps Gérard et Maria s'autorisaient une nouveauté. Ils poussaient la rangée de bibelots pour faire place au nouvel arrivant : un bac en plastique où une hélice bipale touillait une mélasse fruitée, une ribambelle scintillante de tickets de Morpion qui dansait au zéphyr du ventilo. Et bientôt un karaoké, puisque des clients l'avaient réclamé. C'était sans importance. Il en allait du charme du bistrot comme de la recette du pied de porc : plus elle était affichée et moins elle était duplicable. Les maniaques dépeceurs de mythes, les filles qui s'essayaient à la cuisine authentique passé la trentaine, les touristes épatés qui se lançaient à l'assaut du mythe, louchant sur le cadre de vrai bois où la recette était écrite en anglaises, pouvaient toujours noircir des sous-bocks en recopiant la liste des ingrédients. Ils avaient autant de chances de jamais reconduire le plat à domicile qu'un décorateur de la SFP de réinventer le décor où on le servait. Ici le banal avait trop d'expérience. Les danseurs de flamenco de la carte postale en relief punaisée sous le baromètre – lui, en futal moule-burnes, elle en jupe canari de vrai chiffon doux – s'en portaient garants. Tout corps étranger plongé dans le bistrot en absorbait la farouche philosophie du rien. Et même les pires soubresauts de la planète qui, chevauchant un courant d'air, se faufilaient dans la salle à la suite d'un client. L'odeur poisseuse du tabac assommait la rumeur. La gelée du pied de porc engluait le débat.

Derrière le bar Gérard rafistolait la couche d'ozone à la fumée de Gauloise. Maria plâtrait la fracture sociale à la rillette d'oie. Elle tartinait de bon cœur. En cuisine, Vlad regagnait des batailles perdues en faisant sonner ses casseroles.

Le monde était en ordre.

Gabriel traversa la salle en quatre enjambées, tendit le bras, replia la dernière phalange de son index et muni de cette gaffe, crocha le dos d'une chaise qu'il se cala sous les fesses. D'une main, il lança ses journaux sur sa table. L'autre, parfaitement synchrone, défroissa au vol la une de *Libé*. Le premier exemplaire de la pile était toujours fripé mais Gabriel ne s'autorisait jamais à prendre le deuxième. Il avait des convictions partageuses. Il coinça *Moto-Journal* entre les flammes immobiles des langues de belle-mère, turgescentes et bien cirées. Il s'en gardait *la carte postale de Fred* pour le dessert.

Gabriel prenait ses croissants avec le premier café et ne dévorait l'actualité qu'au deuxième. Affronter les misères de la terre, d'accord, mais assis et pas seul. Au Pied de Porc, il se sentait armé pour affronter le vice et la vertu, l'horreur sur papier, les massacres au grand angle. Ici, il avait des relations, du renfort. Des appuis en bas lieu. Ici, il n'était pas une banalité qui n'eût été lancée en l'air, quasiment aucune qui eût fini autrement que dans la sciure. Il n'était pas un seul principe sur lequel on n'eût, moins par mépris que par distraction, écrasé un mégot. Ici, l'arrogance et les coussins de tabouret se déballonnaient dans un égal soupir. Les plaies du monde avaient le droit d'entrer, mais à condition de consommer, comme tout le monde. Le Pied de Porc était une machine de guerre. Le bistrot tuait l'urgence par simple contact.

Gabriel renifla la banalité chérie du décor. Le Pied de Porc était sa rampe de lancement. Lorsqu'il partait en croisade énervée, c'était tout seul. Mais il partait de quelque part.

Épileptique reconnu, le chien Léon faisait à terre sa part de boulot : il gênait le passage. S'il s'était mis à gambader entre les tables les habitués se seraient inquiétés de son état. Maria, affectueusement, passa une main sur l'épaule de Gabriel. Elle se serait fait crucifier plutôt que d'avouer que son geste, quasi quotidien, était huilé d'amour maternel. Gérard aurait vendu son bar plutôt que de lui faire remarquer.

Il fut élevé par la tante Marie-Claude, douce et feutrée comme des patins de salle à manger, et par l'oncle Émile, quincaillier en blouse, donc véritable.

Bien avant d'en faire des pièges à pneus pour garantir ses arrières aux soirs d'expédition, Gabriel sut qu'il existait trente sortes de clous et dix-huit grains de papier de verre. Les rondelles au poids, les pièges à taupes –on en vendait encore dans Paris–, les brise-jets de caoutchouc, les billes de roulement qui sentaient l'huile douce, les burettes inoxydables, la corde à piano en diamètres variés et les outils Peugeot lui servirent de Meccano pour construire des armes fabuleuses et des maquettes d'avions. Il apprit la chimie appliquée en déchiffrant des manuels vendus sous le manteau, et les notices des paquets d'engrais. Il apprit l'histoire de France en lisant les aventures du Grêlé 7-13 dans *Pif Gadget*, les pieds sur une caisse de pommeaux d'arrosoir zingués. Il apprit l'héroïsme avec Teddy Ted et le docteur Justice, la balistique avec le caoutchouc des bocaux Le Parfait. Gabriel repensait souvent à cette enfance boutiquière et fabuleuse dépensée sans compter dans les rayonnages de l'arrière-boutique. Un soir, entre deux étagères de tôle, le nez écrasé sur une boîte de boulons de 14, il perça le secret de la semence de tapissier.

– Des nouvelles de l'injustice ?

Gérard avait l'affection calleuse. Il provoquait ses clients pour vérifier leurs réflexes. Un moyen de prendre le pouls des timides et la tension des plus âgés.

– Comment se porte la misère ?

Gérard savait insister avec élégance. Il savait comment Gabriel intérieurement pouvait prendre des tours avec la facilité ahurissante d'un 50 $cm^3$ Morbidelli gavé d'huile de ricin, en faisant presque autant de bruit, de dégâts et de fumée.

Ce type a besoin d'un imprésario, songeait Gérard en torchonnant ses verres à muscadet d'un déboîtement de poignet professionnel. Ses coups de sang ne profitaient à aucune tribune, où ses presque deux mètres, dont un de bras, lui auraient au moins valu un succès de curiosité. Au lieu de se répandre en imprécations, Gabriel gardait pour lui les raisons de ses flambées. À peine un grincement de dents versé dans la fosse commune du brouhaha bistrotier, et il disparaissait pour quelques jours ou quelques semaines. Au lieu de ronéoter des tracts sur une machine à alcool, de se coucher devant les cortèges présidentiels, de faire signer des pétitions le dimanche au marché, d'ouvrir un site Internet, Gabriel bouclait son sac. Menant des expéditions de fortune, il s'en allait redresser quelques torts qu'ensuite la foule du siècle raplatirait dans son dos, distraite, en remplissant son caddie.

L'écho confus de ses exploits, parfois saignants, avait fini par ramper comme une fumerolle sur les nationales de France pour atteindre le boulevard Ledru-Rollin. Gérard s'en était laissé conter, à mi-voix. Gabriel Lecouvreur était un touriste actif.

– Et comment va le malheur des autres ?

– Je vérifie tes SICAV et je te rends compte, grinça Gabriel depuis sa chaise.

Il se balançait. Ses mains balayaient le carrelage. Gabriel était surnommé le Poulpe pour son aptitude à se passer d'une brosse à dos ; Gérard savait que ces bêtes-là fréquentent aussi les profondeurs.

Il grimaça pour la forme. La réplique l'avait à peine atteint. Elle signifiait au moins que l'œil inquiet de Gabriel n'avait rien décelé d'anormal dans la marche du monde : il lui suffisait d'un rien pour prendre la mouche puis le large. Une saloperie en filigrane du papier journal, un os dans le potage huileux des informations ordinaires. Après, Maria se rongeait les sangs qu'elle avait bouillants et catalans.

– Tiens, trouve-moi une bonne nouvelle, une vraie, une en dur, et je t'invite pendant un an. Je t'offre une ardoise magique !

– Fous-y la paix, jeta Maria à l'autre bout du comptoir.

Gabriel était joueur.

Il referma le journal, ferma les yeux, rouvrit *Libé* en aveugle. Il laissa errer sa main sur les miettes de croissant, suivit du bout de l'index le tracé tiédasse d'une coulure de café, jusqu'à l'endroit où le Nil brun se transformait en lac Victoria, quelque part sur le bord extérieur de la page de droite.

Il ouvrit les yeux et lut dans un deux-col de brèves, à haute voix :

*« Le Tréport : Un policier sur le sable*

*"Y'en a d'autres, c'est le Manurhin dans la bouche, celui-là au moins n'a fait de peine à personne en pétant les plombs..." Samedi à dix-neuf heures sur la digue de Mers-les-Bains (80) les policiers du commissariat du Tréport ont appréhendé un collègue à eux, en poste dans la région parisienne. Au volant d'un fourgon réglementaire appartenant à la préfecture des Hauts-de-Seine le gardien de la paix avait piloté jusqu'à la côte picarde une douzaine de gamins de banlieue, qui ne s'étaient pas fait prier pour partir en virée le matin même. Sur le trajet, les gamins ont notamment pillé une station-service d'autoroute, sans que leur chauffeur ne réagisse. Ça en a même étonné Kevin, douze ans, hébergé pour la nuit dans une colo de Dieppe à marée basse de comité d'entreprise : "Il était chtarbé, tout ce qu'il faisait, c'était conduire en écoutant des cassettes à la con, il nous a raconté que quand il était gosse c'est dans ce coin-là qu'il allait en vacances. C'est peut-être le coup qu'il avait pris sur le pif qui lui avait mis les idées en l'air : il avait un pansement sur tout le nez, ça lui faisait un blaire énorme, comme dans une bande dessinée. Sinon il était habillé en flic, avec le flingue et tout. Forcément qu'on n'a pas osé résister quand il est passé le matin dans le quartier, avec sa radio à fond."*

*Le policier, qui en principe était en service en région parisienne ce jour-là, s'est contenté pour toute explication de jeter dans le sable les clefs du véhicule ; il s'est laissé menotter sans opposer plus de résistance, et sans avancer de justification à son acte. La Préfecture de police de Paris a indiqué que les neuf enfants et adolescents seraient reconduits à Paris pour y être remis à leur famille. "Le temps pour eux de voir la mer", selon un policier du commissariat du Tréport. Le gardien de la paix, âgé de vingt-quatre ans, a été immédiatement démis de ses fonctions et placé en garde à vue. Il sera ensuite vraisemblablement confié à la cellule de soutien psychologique des fonctionnaires, mise en place au début de l'année par le ministère de l'Intérieur peu après le début de la vague de suicides policiers. "Ça vaut vraiment mieux que le flingue dans la bouche", répétait hier soir l'un de ses ex-collègues en tirant la porte du fourgon.* »

Le papier était signé du correspondant ordinaire de *Libération* en Picardie. À la seconde où il avait terminé sa lecture, Gabriel avait replié son journal.

– Y'a des dingues partout, murmura Gérard en posant son torchon, sans préciser si cette banalité cossue visait le gardien de la paix disjoncté, Gabriel, les auditeurs qui avaient reposé leur ballon de côtes depuis le début de la lecture ; ou s'il se flagellait lui-même en révisant sa promesse.

Son commentaire n'avait fait que souligner le silence ambiant, qui se réinstalla aussitôt. Sauf un raclement de chaise, là-bas. Gérard continua de se recoudre une contenance, tâcha de remettre en selle sa dignité de bistrotier.

– Tu vois, poursuivit-il, pas la peine de se mettre en pétard : quelquefois les canards font dans l'actualité heureuse, le conte. Un sirop, ton histoire…

Ça ferait chialer un dealer de crack : trop d'émotion, c'est insupportable... Mais merde, où tu files ?

– Une remise de médaille, lâcha Gabriel en ramassant son blouson.

Les sonnailles de la porte dirent courant d'air. Le chambranle encaissa le coup.

Derrière le bar, Gérard haussa les épaules.

Maria le traita de gros con.

Vlad se mit à rigoler comme un cheval, et décrocha une ardoise.

Léon s'assoupit.

Gabriel assommait le boulevard à grands coups de talons.

## 4 - Deux s, deux n

Au kiosque du coin, il leva au vol une revue de programmes télé, jeta une pièce sur la pile de magazines pornos et reprit sa course d'arpenteur. Il feuilleta le petit cahier criard, tout en continuant de marcher. À la quinzième enjambée, il balança l'opuscule dans le bac d'un balayeur à cyclomoteur : il avait trouvé ce qu'il cherchait. Parvenu au bureau de poste, il fila vers le Minitel en libre-service, trouva son numéro, s'enferma dans une cabine après avoir fait signe à la fille du guichet. La voix qui dit «Police» était moustachue.

– Le commissariat du Tréport ?

Gabriel poursuivit sans attendre de confirmation.

– Ramdam Productions, Noël Le Varech. On travaille pour les émissions de Jean-Marie Cavada, sur la 3. Voilà, nous préparons une émission sur le malaise de la police, les difficultés du métier. Un truc sérieux, pas un reportage vite fait. Je vous passe un coup de fil à cause du papier qui est paru ce matin dans *Libération* : ce que nous aimerions, c'est obtenir les coordonnées du gardien de la paix de Paris que vous avez intercepté samedi.

– Faut voir Paris, dit la moustache.

En urgence, Gabriel passa la voix au scanner à intuitions. De la méfiance, un peu de lassitude. Pas d'hostilité : une réserve appuyée. Il n'avait pas affaire à une andouille.

– Je viens d'appeler le service de presse du ministère de l'Intérieur : ils m'ont dit que c'était à vous de décider. Ils ne connaissent pas votre collègue et ne savent pas s'il aurait envie de témoigner, ou s'il en est capable, alors ils m'ont renvoyé sur vous en vous laissant le choix de nous renseigner ou pas. Ça n'est pas ordinaire comme attitude, je ne vais pas vous dire qu'elle m'arrange, mais j'avoue que ça me plaît assez.

– Vous travaillez pour quelle maison ?

– Ramdam. Ramdam Productions. On fournit *la Marche du siècle*, d'autres émissions du même genre, et aussi une série éducative sur la 5… Remarquez, embraya Gabriel, que je pourrais aussi m'adresser à mes collègues du *Courrier picard*, puisque je suppose qu'ils ont l'adresse, les coordonnées… Mais comme le service de presse vous fait confiance, je me suis dit que c'était plus correct de passer par vous.

– Et vous voulez faire quoi ?

– Rencontrer votre collègue. Lui demander de témoigner, s'il en a envie. À condition évidemment que la promenade qu'il s'est offerte soit en rapport avec son métier, ou son ancien métier, je ne sais pas quelles sont les procédures dans ce genre de cas... De toute façon, ce sera à lui de décider s'il veut être filmé ou pas. Et jusqu'au moment de la diffusion, il pourra revenir sur son accord...

La moustache n'avait ni raccroché avant la fin de la tirade, ni proposé d'en référer au commissaire du cru : visiblement, elle réfléchissait. Gabriel n'avait pas affaire au commissaire car les commissaires décrochent rarement eux-mêmes. Le chef de la tenue, sans doute. Gabriel jugea la première mi-temps bien engagée.

– Quand il y a de la merde, les mouches s'en frottent les mains..., ricana la moustache.

– Vous faites votre métier et je fais le mien, proposa Gabriel. Mais j'essaie de le faire bien.

– Je pourrais vous renvoyer sur le proc...

C'était moins une défausse qu'une manière de test, estima Gabriel.

– Une information est ouverte ?

– Non. Alors ce ne serait pas honnête de vous renvoyer sur le proc. C'est une affaire qui va se traiter à l'intérieur de la maison.

Gabriel respira à fond en prenant soin de s'écarter de quelques centimètres du combiné.

– L'IGPN ?

– L'IGPN d'abord, et la porte après. Pour sa carrière, le jeune gars, il peut faire une croix dessus. Et pourtant, c'est loin d'être un imbécile. Surtout un gars sensible, même s'il fait attention à prouver le contraire.

– Jeune... Jeune jeune ?

– Vingt-quatre.

– Juste sorti de l'école ?

– Un an de service, en plus de son année d'école. Et pas là où on rigole le plus, si ce qu'on en dit est vrai.

– Il en est où ?

– Pas de garde à vue. Il est reparti dimanche après-midi, je crois que des collègues l'ont déposé à la gare d'Abbeville. C'est un gars du Nord. À Paris il n'a qu'une piaule, un studio de merde, il a préféré retourner là où habitaient ses parents vu que leur maison est à lui.

– Ses parents ?

– Plus de parents. Ça explique peut-être une partie de l'histoire, pour ce que j'en sais.

– Vous y étiez ?

– Oui.

Gabriel avala sa salive. La sécheresse de la dernière réponse ne lui plaisait pas.

– Ça vous a fait de la peine, de l'embarquer ?

– C'est une interview ?

– Non, dit Gabriel.

– Je crois qu'il savait ce qu'il faisait, dit la moustache. Il savait très bien où il allait. La manière n'avait pas une grande importance. Et il n'avait pas pris son flingue avec lui, juste l'étui. Le nom c'est Massonnat. Deux s, deux n. Le prénom, Joseph.

Suivit une adresse à Ronchin, département du Nord, la banlieue de Lille. Le lieutenant de police Decaester précisa que «personne dans la maison n'avait essayé d'enfoncer ce type». Il fit également comprendre que le syndicat auquel il appartenait, sans défendre franchement Massonnat ni s'emparer de son cas, avait déjà transmis au ministère sa conception de l'intelligence dans la gestion des ressources humaines.

– En quelque sorte, c'est un type qui s'est trompé de boulot et qui a rectifié le tir.

– Et vous, le boulot ?

– Moi je vous emmerde, dit très posément la moustache. D'autres questions ?

– C'est tout pour la journée, dit Gabriel.

La moustache raccrocha avant lui.

Gabriel composa un autre numéro.

## 6 - Tu passes ?

– Ramdam Productions, dit Gabriel sans se présenter autrement. Ramdam Productions, Noël Le Varech. Tu retiendras ?

À l'autre bout du fil, Cheryl haussa les épaules. Gabriel l'entendit au bruit que fit, en se plissant, le tablier de plastique transparent qu'elle enfilait pour les colorations, par-dessus sa combinaison de mécanicien en nylon.

– Tu passes tout à l'heure ?

## 7 - Sauf

Gabriel passa.

Cheryl terminait de faire le ménage sous ses abat-jour : elle poussait doucement vers la sortie la dernière des vieilles peaux de la matinée lorsque Gabriel s'annonça dans le salon de coiffure, peu avant treize heures. Gabriel, galant, tint la porte à la mémé en rose, à la mémé en bleu, à la mémé argentée et à son caniche frisé pendant que Cheryl disparaissait dans le petit local où elle rangeait ses blouses et son stock de laques en bombe.

– Il y a eu un coup de fil pour toi. Quelqu'un qui demandait Noël Le Varech, chez Ramdam Productions. J'ai dit que tu étais sorti.

– Un message ?

– Juste un type pas bavard qui avait tout l'air de vérifier un numéro.

– Il a bien fait, dit Gabriel.

Lorsque Cheryl l'a rejoint dans l'appartement, au premier, il terminait de débarrasser, à coups de tatanes affectueux, le lit de la famille de kangourous en peluche qui y campait quand il n'était pas là. Il déquilla la radio en forme de cul de Cadillac. But. Il loupa le miroir de la commode. Cheryl s'était débarrassée de tous ses vêtements, sauf du tablier de plastique transparent.

## 8 - Une grosse vache

Gabriel disposait d'une bonne trentaine de jeux de papiers d'identités et vivait à l'hôtel. Il n'existait donc pour aucun ordinateur. Il en allait de même pour la Gold Wing dont accoucha deux heures plus tard un box anonyme, pas trop loin de l'usine à gaz de Saint-Ouen.

Ordinairement, son amour de l'imperfection lui interdisait les motos japonaises. Gabriel fit une exception ce jour-là, parce que Pedro n'avait rien d'autre à lui prêter que ce fantôme du fichier des cartes grises, et parce que cette vache déraisonnable construite il y a vingt ans autour d'un moteur de voiture refroidi par eau possédait quelques bribes de charme. Celui des callipyges. Le moteur était mou, les suspensions étaient molles et le cadre piégeux, mais il s'y sentit bien, les fesses moulées par le skaï d'un siège de casino. Cette moto obèse était une incarnation du mauvais goût : elle en devenait touchante. Gabriel mit le cap sur le nord par l'A1.

À la hauteur de Péronne il tira droit sur une entrée de parking, freina pour contourner un bahut frigorifique immobilisé au point fixe, et presque sans ralentir escalada le talus du fond. Le remblai l'envoya voler à une quarantaine de centimètres de hauteur. Le cadre accusa le coup bas lorsque la baleine motorisée toucha terre sur un chemin damé qui courait le long de l'autoroute, en surplomb.

Le routier hollandais qui cuvait une bouteille de marc sur la banquette de son Roadliner de 380 CV eut l'impression de voir voler une vache bleu métallisé, montée par un jockey disproportionné. Puis il se rendormit. Dans son sommeil il entendit grésiller le fax accroché au tableau de bord, et se retourna sur l'autre épaule. Comme une langue qu'on tire apparut la page de garde d'une messagerie porno, qui dégueula lentement jusqu'au plancher caoutchouté.

## 9 - Des flammes en plastique

Si le grillage avait été remis en place, Gabriel aurait fini comme une mouche de soixante-treize kilos prise dans une toile d'araignée en fil zingué. Mais les services de l'Équipement étaient aussi oublieux qu'il l'espérait. Les suspensions s'enfoncèrent en butée et Gabriel, debout sur les repose-pieds comme un jockey d'obstacle, encaissa le coup, dans les bras et les mollets. Debout sur sa vache, il la laissa couler en seconde sur le chemin, qui se transforma au bout de trois cents mètres en cour de ferme ; Gabriel tira au plus court et déboucha sur une départementale, poursuivi par un vacarme d'oies affolées et l'indifférence d'un idiot qui passait, le regard vide, les bras raides enfoncés dans les poches d'une salopette usée comme s'il avait voulu en crever le fond.

Gabriel laissa la Gold enfiler toute seule des routes défaites, mal calfatées à la pelle, oublier des villages dont l'autoroute avait sucé la substance, longer des cimetières militaires qui n'en finissaient pas de dérouler l'impensable. Il se dirigeait à l'estime, ne s'attardait pas à compter les hangars de briques, les remorques échouées dans les betteraves, les casses de bagnoles. À chaque croisement son auberge à vendre, barbouillée d'affiches passées annonçant de vieux spectacles de cascadeurs. À chaque entrée de village, des réclames en loques finissaient d'assassiner un paysage pour lequel un million de gamins s'étaient fait ouvrir le ventre.

Il ne raffolait pas de cette impression de rouler sur leurs os, dont il savait qu'ils affleuraient la surface des champs. Grimpant vers le nord, il se sentit mieux. D'un revers de poignet de sa veste de cuir, modèle cheminot retraité, il se pencha pour essuyer le capotage chromé du phare rond. La Gold ronflait, assise sur ses suspensions gonflables. À une ou deux reprises, Gabriel s'arrêta, moteur en marche, pour consulter sa Michelin. Il déjeuna vers midi de frites au vinaigre, dans les faubourgs d'Arras, le coude appuyé à la planche qui servait de comptoir à un J7 monté sur parpaings. Posé entre les brocs de sauce, le transistor à piles branché sur *RTL* crachait un son graillonneux. L'obèse qui le servit en soufflant semblait se passionner pour un jeu idiot.

Deux gamins maigres vinrent s'extasier devant la bécane, Gabriel les laissa caresser le faux réservoir et secouer un peu le mastodonte, qui ne broncha pas. Ils hochèrent la tête et firent une moue d'amateur en se penchant sur les deux compteurs jumeaux, avant de décréter que la Gold ne valait rien. La Gold ne ressemblait pas à ces scooters criards, aux flancs décorés de flammes plastifiées mal lissées, échappés d'un dessin animé japonais. Même, elle ne pouvait rien contre eux.

Les gamins repartirent en jouant à cracher pile sur les jointures des moellons du trottoir gravillonné. Ils portaient des blousons de jean tiers-mondiste, avec des écussons sales rebrodés par-dessus et un col en faux mouton. Il leur manquait quelques dents, ils semblaient s'en foutre et tinrent à le prouver en plantant leurs yeux dans ceux de Gabriel, après s'être retournés, ensemble. Ils devaient avoir huit et dix ans, la même débine était peinte sur leurs étroites gueules de frères, sur leurs gestes bravaches. Gabriel paya et reprit sa route. Il atteignit Ronchin vers quinze heures, après s'être beaucoup perdu.

## 10 - Deux rêves de gosses

– C'était un rêve de gosse, reprit douloureusement Massonnat en s'appuyant sur sa bière, les deux mains à plat sur le goulot collant, et le menton posé par-dessus comme s'il méditait. Être flic, c'était un rêve de gosse et vos conneries d'émission télé, j'y crois pas une seconde.

Assis en face de lui dans la cuisine, Gabriel sourit.

Massonnat était rond comme une bille. Il faisait partie de ses gens dont l'alcool stimule la lucidité, et la transforme doucement en orgueil teigneux. Pour l'instant, il se demandait encore sur quelle pente il allait glisser.

– J'ai toujours voulu entrer dans la police. Ça n'avait rien à voir avec les flics que je pouvais voir quand j'étais môme, c'était forcément autre chose. Je n'en avais rien à foutre d'avoir la bagnole de Starsky et Hutch, c'était pas pour l'épate. Même si avec des potes on avait repeint une Ford Capri en rouge et blanc, au rouleau. Non, c'était plutôt pour les mômes, pour les gens d'ici, pour les petits vieux. Même pas pour les protéger : j'voulais servir mon prochain, aider les vieilles à traverser. Être un type rassurant. Mais ça n'est pas ce qu'on me demandait. En fait, ça m'a surtout servi à me faire cogner le nez. Un type au Tréport m'a dit que j'avais pris la réalité en pleine figure.

Pour preuve idiote, Massonnat réajusta son bandage en grimaçant. Un beau H couché sur le flanc, dont la barre centrale en gaze et sparadrap lui couvrait l'arête nasale. Avec une paire de lunettes noires il aurait fait un chouette mort-vivant. Massonnat lissa les coins de son pansement avec le gras du pouce. Puis il cogna le culot de la canette sur la toile cirée, fort, tout en gardant les paumes aplaties dessus. Cela fit monter la mousse d'une jolie manière. Il leva une main et la mousse, écœurante, se répandit sur la table comme le résidu d'un geyser très mou. Massonnat commença de dessiner ses rêves dans la mare jaunâtre, du bout d'un doigt.

– Et vos conneries de la télé, c'est rien que des conneries.

– C'est rien que des conneries, consentit Gabriel, qui se leva pour décrocher un torchon. C'est même des conneries en bois massif vu que je ne regarde jamais la télé, mais ça ne me dit pas ce qui s'est vraiment passé ce matin-là au centre de rétention.

– Et pourquoi je vous parlerais ?

– Parce qu'on a déjà bien entamé le travail. Je sens que ça va venir.

– J'ai pas envie de picoler tout seul, reprit Massonnat.

Gabriel s'en dévissa une autre. Il était dix-huit heures et rien ne pressait.

Gabriel attendit le soir pour aller faire quelques courses, dans l'épicerie bancale du bout de la rue.

Il revint vers la petite maison de l'impasse les bras chargés d'un gâteau roulé qui collait à son cellophane, d'une autre caissette de bières à très bon marché, de saucisses à cuire sous plastique, de gaufres Rita ensachées dans leur couverture de survie en papier métallisé, d'un sac de pommes, et de deux nouvelles barquettes de frites emballées dans des feuilles de papier blanc larges d'un demi-mètre, où la graisse avait dessiné des auréoles translucides. Quelques bagnoles fatiguées dormaient à cheval sur le trottoir. Tous les gadgets et accessoires qu'elles portaient – antennes de cibi, queues du Mickey, autocollants, bavettes, pare-soleil, feux stops de plage arrière avec les fils qui dépassent, équaliseur de travers dans la console en contreplaqué, pastilles réfléchissantes – devaient singulièrement les alourdir. Gabriel entendit quelques gamins pousser des cris d'Indiens derrière les portes de bois salies d'inscriptions à la craie. Aucune ne s'ouvrit.

Massonnat avait l'air de refaire surface lorsque Gabriel se réannonça dans ses murs, chargé comme à Noël. Le couloir était à peine assez large pour ses épaules, et les sacs. Gabriel se faufila jusqu'à la cuisine et versa ses merveilles sur la toile cirée. Massonnat l'aida mollement à tirer dans le jardin la banquette de toile tendue sur des tubes jaunes qui servait de canapé dans la pièce principale. Gabriel la posa dans l'herbe malade, piquée de bouts de tessons, et l'orienta soigneusement : vue sur les voies.

Le jardin était en friche, les garnitures de ciment qui délimitaient les plates-bandes avaient lâché prise ou s'étaient cassées en morceaux. Une allée à demi effacée coulait en pente douce et butait sur le remblai, qu'elle escaladait de biais en se déguisant en sentine à lapins. Au fond du jardin les orties atteignaient un mètre de hauteur. Çà et là traînaient dans l'herbe quelques-unes de ces planches que les jardiniers soigneux utilisent pour ne pas tasser leur terre. Gabriel les retourna machinalement, affolant un univers de blattes cendrées qui galopaient sur la paroi humide. Il laissa retomber les planches. Au fond du jardin le grillage qui protégeait les voies s'était couché sur des piquets vicieux, dont la section triangulaire laissait apparaître, sous la rouille, les éclats vifs laissés par des coups de briques de gosses en vadrouille.

Gamin, Massonnat grimpait sur les voies pour piquer les plus beaux cailloux de ballast et Gabriel se souvint d'en avoir déjà fait autant. Il cala la banquette avec les morceaux de briques qu'il récupéra dans l'herbe.

Ensuite il eut plus de mal avec le barbecue rouillé, qu'il fallut vider de sa flotte avant de l'allumer. Il récupéra cinquante centimètres de grillage à lapins qu'il replia en travers du demi-bidon, arrosa au travers les débris de cageot qu'il y avait fourrés avec un peu d'essence empruntée à la Gold, et jeta une allumette en sautant en arrière. Massonnat, de lui-même, avait dressé une table de camping, apporté des verres rincés de frais, quelques couverts dépareillés.

– Ça va être princier, grimaça-t-il.

Gabriel commença de le trouver sympathique. Massonnat, à certains égards, était un gamin. Un gamin blond poussé en graine, pas trop haut, mais avec des mains musclées. Et de la repartie. Il pouvait avoir une douzaine d'années de moins que lui – c'était exactement ça, calcula mentalement Gabriel.

Mais deux ans à se coltiner des poivrots qui auraient pu être son père, ou des petits morveux qui fourraient sa mère à grands coups d'annulaire bravache, lui avaient donné une assurance un peu artificielle. Comme s'il s'était plié sans déplaisir au jeu de la grande gueule, en forçant une nature qui rechignait finalement peu. En deux ans d'école et de service, il avait appris à taper sur une machine à écrire plus vieille que lui, à reconduire chez eux des collègues trop bourrés pour conduire, à piloter un fourgon qui sentait le vomi, à écarter d'une main des gosses qui le frappaient à coups de GI Joe mâchonné pendant qu'il embarquait leur paternel. Un vrai cours intensif. Il n'abusait pas de l'amertume, estima Gabriel. Et puis il avait su rompre. Gabriel jeta les saucisses sur le grillage, et releva le nez pour regarder débouler un train à vingt mètres de lui. La maison tremblota, et le barbecue avec. Le vacarme des voies mal boulonnées lui donna l'impression que son estomac allait tomber au fond de son ventre, comme un tonneau ivre se promène dans une cale.

Lorsqu'ils touchèrent le fond de la caissette de bières, la nuit était presque tombée. Le dernier wagon ballottait à la queue des trains comme un sale gosse qu'on entraîne de force. Il faisait semblant de rechigner mais disparaissait encore plus vite que les autres. Massonnat se redécouvrit une enfance ferrovipathe. Il tint absolument à fouiller le buffet de la salle à manger pour en sortir un indicateur des chemins de fer, version marchandises. Il trouva aussi l'interrupteur qui commandait une ampoule surpuissante fichée sur l'arrière de la maison. Une bière à la main, depuis le fond du jardin il annonça à Gabriel chaque passage de convoi, avec les tonnages et tout et tout. Phosphates, bagnoles, minerais. Les jambes bien écartées pour supporter la gîte, debout dans cette lumière de cinéma, il saluait les BB 15 000 et les Sibyc bisynchrones qui faisaient trembler les murs à tout juste un crachat de la cuisine, tous les quarts d'heure. Massonnat avait grandi là, ses vieux étaient morts il y a trois ans, il n'était pas revenu dans le Nord depuis l'enterrement. Le jardin avait encore rétréci, beuglait-il.

Après ce qui s'était passé au Tréport, il n'avait pas eu le courage de retourner dans le studio qu'il partageait à Chelles avec deux autres flics débutants. Deux pageots pour trois, mais avec les horaires tournants on se débrouille et on partage le loyer.

– Ça fait un effet d'enfer de revenir ici ! gueula Massonnat en montrant l'arrière de la maison. En même temps, il fit de grands gestes à l'invisible conducteur d'une BB réversible à double cabine. Le modèle à l'ancienne, vert bouteille, avec les phares ronds obscurcis par des caches fumés.

– Putain, avant ils me répondaient ces cons !

Sur les côtés, les jardins étaient déserts, et la plupart des maisons de la ruelle abandonnées. Une bière à la main, Massonnat pissait avec conviction sur les orties.

L'indicateur n'était plus à jour et les trains étaient moins nombreux qu'auparavant. Massonnat balança le bouquin dans un massif de rhubarbe retourné à l'état sauvage et qui s'en trouvait bien. Les feuilles avaient eu le temps de pousser, et d'atteindre chacune le format d'une oreille d'éléphant. Puis Massonnat alla ramasser le bouquin et, feuille par feuille, le dépeça pour alimenter le feu. Il était moins bourré qu'il n'en avait l'air, jugea Gabriel. Il entretenait juste sa flamme avec l'excitation ironique de ceux qui changent de vie et font très attention à ne pas se retourner vers la bête qui leur mord les fesses. La flatter, oui, mais pas la regarder dans les yeux.

– T'en as toi, des rêves de gosse ?

Massonnat s'était retourné. Il pointait le cul de sa bière sur le ventre de Gabriel, vaguement menaçant. Comme il gîtait un peu, son ombre faisait des allers et retours dans l'herbe noire.

– J'ai un avion, dit Gabriel.

– Un vrai ?

– Un vraiment en ruine. Ça va prendre des siècles pour le reconstruire.

– Et après ?

– Je le ferai atterrir là, dit Gabriel depuis la banquette, en pointant du doigt le jardin en friche de cinquante mètres carrés.

Massonnat soupesait sa boîte d'aluminium dans le creux de sa paume. De la bière d'importation, de la bibine allemande en palettes bonne à faire beugler les foules. De la cuite à l'économie et toujours trop glacée.

– Ou sur le toit d'un immeuble, ou devant un bistrot... ou peut-être que je ne le ferai jamais atterrir...

– T'as raison, dit Massonnat, si bas que Gabriel se demanda s'il avait entendu la réponse à sa propre question. Il faisait voltiger laborieusement sa bière, la recueillant dans le creux de sa paume à chaque culbute.

Quand il tira la chevillette, la mousse jaillit comme le pétrole d'un puits. Massonnat laissa filer comme un roi du pétrole.

Gabriel approuva en connaisseur, ramassa une boîte rescapée et l'imita en se disant qu'il devait se surveiller. Il ne craignait pas la bière mais les confidences ; ce qu'il avait dit de l'avion était vrai. C'était le jeu de Meccano le plus absurde du monde et il coûtait une fortune. Mais le petit zingue hurleur en tôle et bois, pansu comme une douille de mitrailleuse, finirait un jour par le lancer en l'air. Gabriel en était sûr, aussi sûr que de la cuite qu'il voyait arriver, grosse comme un camion-citerne.

À deux heures du matin la caisse en carton était définitivement récurée, couchée sur le flanc, le ventre déchiré comme celui d'un cheval à la fin d'une bataille. Gabriel balança le carton puis la petite lanière de plastique dans le barbecue, et pissa sur l'herbe noire. Il laissa Massonnat ronfler sur la banquette d'Ami 8 après avoir jeté sur lui un duvet de camping, trouva un lit dans une chambre du premier tapissée de posters humides qui avait dû être une chambre d'adolescent, et s'endormit comme un sac en grelottant de froid.

## 11 - Un record

Gabriel traversa à grands pas les chiottes puantes de la station-service : droit au lavabo. Il s'aspergea longuement la figure d'eau glacée, puis se frotta le visage en retournant vers le haut la buse chromée du séchoir électrique. Revenu au comptoir il se fit servir cinq express qu'il siffla l'un après l'autre et dans la foulée, après en avoir considéré le bel alignement.

– C'est pour un record ? ricana le caissier en combinaison rouge, frappée aux armes graisseuses d'un pétrolier.

Gabriel avait le bras droit assez long pour aller pêcher une petite cuillère dans le bac de plonge sans quitter son tabouret. Ce qu'il fit. Le faux mécanicien grimaça et s'en alla faire sa caisse. Juste à côté, était installée une petite télé de camionneur, branchée par des pinces croco sur une batterie de voiture. Aux informations de treize heures, Gabriel reconnut le tarin fourni du ministre de l'Intérieur, émergeant d'un fagot de micros.

À l'arrière-plan de l'image, des CRS déployés, fusil tenu à l'horizontale à hauteur de ceinture, maintenaient une rangée de manifestants. Le son de la télé était coupé mais le sous-titrage mentionnait l'église Saint-Ambroise. Depuis une semaine deux cents sans papiers, en majorité maliens, y dormaient mal entre les prie-Dieu, pour réclamer des cartes de séjour. En insert, la caméra balaya quelques couvertures étendues sur des fils pour dessiner des stalles de fortune, des mères en boubou assises sur le sol, un bébé dans les bras. La caméra revint sur le ministre qui ministrait, tournant ostensiblement le dos aux manifestants. Juste derrière le ministre, un visage retint l'attention de Gabriel : celui d'une fille en tailleur strict, lunettes, porte-documents, qui se tenait à un pas derrière le cercle des journalistes. Elle ne portait aucun micro et ne s'acharnait sur aucun bloc-notes. Elle ne prêtait quasiment aucune attention aux paroles du ministre, comme si elle en avait connu le discours par cœur et n'en attendait qu'une confirmation. Avec son allure d'attachée de cabinet et ses souliers plats, elle détonnait au milieu des gardes du corps et des photographes de presse. Le ministre repoussa gentiment un dictaphone pour signaler que la conférence de presse était terminée et fila vers sa voiture au milieu d'une bousculade de bon ton. L'image revint sur le présentateur du journal, en plateau, tandis que s'affichait au-dessus de sa tête la diapo d'un koala paniqué par les incendies de forêt. Gabriel jeta un peu de monnaie sur le comptoir.

Pedro avait fourni la Gold mais pas les clefs. La petite cuillère enfoncée jusqu'à l'os dans le contacteur fit son boulot.

Sur la nationale Gabriel roula sur un filet de gaz. La Gold avait un moteur caoutchouteux, électrique, inodore et somnifère. Elle avait aussi un réservoir minuscule, juste un dé à coudre, et réclamait à boire toutes les deux cents bornes. Gabriel releva la visière de son casque, pour mieux profiter de l'air frais, avant de replonger dans le paquet de miasmes tièdes qui sert d'atmosphère à la capitale. Il ébroua sa cuite comme un canasson secoue sa fatigue, et repensa aux paroles de Massonnat, à propos des peluches qui cognent.

## 12 - Une fusée sentimentale

Le Mac n'était pas tout neuf mais côté RAM, il était monté comme un âne. Pedro en lissait le capot du plat de la main comme il aurait flatté celui d'une bagnole de course.

– ...Les licences des logiciels sont folkloriques mais j'ai tout ce qu'il faut : X Press, Photoshop, Illustrator, un machin pour la reconnaissance de caractères et un demi-millier de polices sur CD-Rom. Avec ça, un bon écran, un scanner – regarde derrière toi – et une laser couleur, j'ai tout ce qu'il faut pour lancer un emprunt convertible de la Banque de France.

– Ça ne gâche pas le métier ?

– Si. Mais ça n'empêche pas le doigté. Tiens, regarde ça...

Pedro pointa du doigt un rectangle pointillé affiché plein pot sur l'écran vingt et un pouces. Un trait inégal y dessinait, sur vingt centimètres de large, la trajectoire zigzagante d'une fusée qui aurait fini par préférer la terre ferme, après deux loopings successifs.

– Agrandie dix fois, annonça-t-il, ravi. C'est la signature du préfet de police de Paris. Scannée, pixellisée et retouchée au stylet optique, ça m'a pris une heure de boulot. Mais maintenant que je l'ai en mémoire, je te la pose où tu veux, même au bas d'une lettre de démission.

– Du grand art, approuva Gabriel.

– Non, du travail moderne. Ça va à peine moins vite qu'à la main, avoua Pedro avec une grimace. Mais depuis que des margoulins décalquent des billets de banque sur des photocopieuses en libre service, je me suis mis au goût du jour.

– Ce qui me manque le plus, c'est qu'on garde les doigts propres, ajouta-t-il en considérant les petites loupiotes vertes de l'imprimante.

Pedro Ferrer était imprimeur. Le travail était la seule chose qu'il considérât comme authentique. Depuis Barcelone, il avait imprimé des bons de commande de munitions pour les Républicains, les chèques et les bons de livraisons assortis alors qu'il ne connaissait pas encore le français. Il n'avait que dix-sept ans mais tournait la roue de la presse avec une vigueur antifasciste qui ne l'avait pas quitté depuis. Quelques années plus tard, il était sorti du camp de Banyuls grâce à un faux tampon qui sentait encore l'amidon de pommes de terre lorsqu'il en avait décoré son ordre de transfert. Il avait ensuite travaillé pour la Résistance. Puis pour plein de résistances : les commandes dans les années 60 venaient souvent de l'étranger.

À soixante-quinze ans passés, il travaillait à fond de cale, comme un forçat volontaire, dans une Freycinet échouée en pleine terre du quai Sisley, à Villeneuve-la-Garenne. Il s'était fait de la péniche un terrier de rongeur bougon, tirant autour de son embarcation immobile des tôles et des planches qui abritaient de vieilles offset, des Linotypes, des casses et des tables d'imprimeur. Les résidus d'un vieux monde de plomb et de morasses continuaient de venir se coller aux flancs goudronnés de l'épave, comme les brindilles, la mousse et les chats crevés l'avaient fait lorsqu'elle poussait du charbon et des poutrelles jusqu'à Rotterdam.

Pedro avait aussi passé plus de temps à parler fontes, marbre, cadratins et cicéros avec le père de Gabriel que Gabriel n'avait passé de temps sur les genoux de celui-ci. De son père, Gabriel gardait au fond d'un sac quelques caractères au plomb, juste ceux de son prénom et de son nom, sauvés de la refonte un soir de trop-plein. Du corps 60 pour les titres de une : l'année de sa naissance. Un petit jeu d'osselets, lourds comme des lingots et bien plus précieux. Le souvenir de sa mère était plus léger : celui d'un parfum pris dans des boucles brunes. Gabriel aurait quarante ans en l'an 2000. Pedro était un vieux con, mais un ami rare. Lorsque Gabriel passait le voir, c'était pour lui emprunter un peu plus qu'un flingue ou un véhicule.

– J'ai rangé la Gold et refait le plein.

– On passera la récupérer demain, dit Pedro. Ce n'est pas que j'en aie vraiment besoin. Mais comme j'ai un mal fou à me faire payer, je prends des garanties. J'ai passé la nuit à faire rouler des certificats de baptême italiens. Tu te rends compte ? Des certificats de baptême. Y'a des dingues, je te dis…

– Il y a bien des flics qui avalent leur képi, murmura Gabriel.

– Tu parles du type qui a jeté l'éponge en payant une balade à des gosses qui n'en réclamaient pas tant ?

Pedro, penché sur sa table de montage éclairée au néon, repoussait avec le capuchon d'une pointe Bic la trace circulaire esquissée au dos d'un permis de conduire à trois volets. Au recto, le tampon présenterait un impeccable relief. Juste avant il avait expliqué à Gabriel comment son scanner à 2400

PPI, une Ferrari, lui évitait les effets de moirage sur les fonds tramés des passeports ; à condition de fignoler le calage au degré près. Gabriel se fichait de la technique, mais il avait suivi la leçon, par politesse.

Sur les étagères patientaient des planches de vignettes automobiles –avec leur récépissé–, de timbres fiscaux, de cartes de presse prêtes à être coulées dans le plastique, de tickets d'horodateur, de diplômes universitaires, de fiches d'état civil et de certificats d'hébergement. Plus des billets d'entrée à Mickeyland, pour le sport, et qui n'attendaient plus que le massicot.

– Celui-là même, confirma Gabriel.

## 13 - Celui-là même

Celui-là même qui lui avait dit qu'il n'était pas entré dans la police pour menotter des pauvres bougres à des sièges d'avion. Celui-là même qui lui avait dit ne pas être entré dans la police pour écouter des fonctionnaires mensualisés jouer au petit juge, au chef de gare de triage, au maître du monde avec droit de vie et d'expulsion sur des clandestins qui n'avaient pas eu la chance, comme eux, d'être fils de fonctionnaires républicains.

– C'est pas un truc auquel on s'habitue. En principe, on ne sépare pas les familles, c'est interdit par le droit international. Mais il y en a qui font du zèle : ils disent, on garde les gosses puisqu'ils sont nés ici, mais vous vous repartez. Ils disent ça à des gens à qui ils ont eux-mêmes envoyé une convocation en préfecture, en leur annonçant une régularisation. Les pauvres types rappliquent, et on les coffre au guichet. Évidemment, là, ils paniquent, ils demandent à récupérer les enfants. Et là, puisque les champions de la statistique ne tiennent pas à briser les familles, tu comprends, ça leur fendrait le cœur... Allez hop, tout le monde dans l'avion. Et avant que l'avocat ne rapplique, s'il vous plaît. Nous, ça nous est arrivé d'aller chercher des gosses à l'école pour les conduire à Orly. On l'a fait, parce que sinon les parents partaient sans eux. Mais on l'a fait en bouffant nos matraques.

– Je compatis, ricana Gabriel.

– Tu te fous de moi ?

– C'est comme tu le sens.

Joseph avait posé un pot de café sur la toile cirée, en signe de paix.

– Les Casimirs ?

– On aurait dit qu'ils savaient, avait lâché Massonnat. C'était peut-être des Casimirs noirs à l'intérieur, ce serait marrant, non ? Je veux dire noirs sous le costume. Je dis ça, parce que j'aurais juré qu'ils étaient déjà venus, qu'ils connaissaient les lieux. Ils n'ont hésité sur rien, ils savaient ce qu'il y avait à faire, où étaient les radios, le râtelier, quels téléphones il fallait arracher. De vrais pros du ménage... Mais mince, tu vois qui c'est au moins, Casimir ? Casimir, c'était le gros lourdaud de l'émission pour enfants. T'as jamais vu ? C'est normal, t'es trop vieux. Un benêt patapouf qui faisait des pas de danse, avec une voix de petit vieux. Y'avait même des chansons dans l'émission... Une sorte de dinosaure grassouillet qui passait son temps à ouvrir les bras pour accueillir les enfants, au lieu de les bouffer. Ça ne te dit rien ? Je ne l'ai pas reconnu tout de suite, le Casimir : j'étais un peu grand quand ça passait à la télé. Avec le coup que j'ai pris sur le nez, j'ai d'abord cru qu'on me passait un film...

– Mais nom de Dieu, avait assuré Joseph, après une lampée de café, je te jure que ça m'a fait rudement de bien de le revoir. En quelque sorte, il m'a aidé à prendre ma décision...

Gabriel l'avait laissé à sa table de cuisine, les deux mains abritant un bol de ménage rempli à ras bord. La cuite lui avait laissé les yeux rouges et une amorce de tremblement. Pourtant, il souriait.

– C'était pas leur première visite, aux Casimirs. À Rueil deux semaines avant, ils avaient vidé un centre. Un centre provisoire que personne ne connaissait, quasiment un dépôt clandestin. Personne n'en a parlé dans la maison. Je veux dire au ministère, là-haut...

– Peur du ridicule ?

– Pire que ça. Peur que ça se sache.

– Qu'ils étaient venus ?

– Que personne ne leur avait couru après. Un sous-lieutenant s'est fait virer parce qu'il avait refusé de sortir une arme. On ne braque pas Casimir, qu'il a dit à son commissaire. Et les autres auraient fait la même réponse. En un sens, il avait raison : tu ne peux pas braquer quelqu'un qui n'est pas armé et dont tu ne vois même pas le visage. Et puis pas non plus tirer à travers : ou tu tues quelqu'un à l'aveuglette, ou la balle risque de trouer le costume pour aller descendre quelqu'un d'autre. Moi, je les ai vus de près les Casimirs : presque deux bons mètres de tour de taille... Sont pas cons les Casimirs, pas cons du tout... avait résumé Massonnat.

– Ils sont repartis comment ?

– La première fois dans un bus de la RATP. Détourné de sa route, un petit peu, mais sans violences. Et chez nous, dans les cars de PS. Ils ont lâché tous les clandestins près du métro. Et à plusieurs stations encore. Après, mystère.

– Et personne ne les a vus ?

– Si, mais le signalement est toujours le même, avait rigolé Massonnat. Putain, je ne peux même pas les remercier...

Gabriel l'avait aidé à remplir de nouveau son bol. Puis il avait enfilé sa veste.

– Si tu les trouves, tu les embrasses pour moi avait lâché Joseph, avant de replonger son pansement dans sa bassine à gros bord. C'est peut-être eux qui ont tout compris.

Au matin c'est lui qui avait réveillé Gabriel.

Il avait délaissé ses frusques de la veille pour un survêtement à capuche et des chaussures de course. Sur le buffet, il avait balancé un code pénal et de procédure, écorné, mais de l'année.

– Je n'y manquerai pas, avait dit Gabriel en poussant la porte.

Une question idiote l'avait retenu sur le seuil.

– Et toi, tu vas faire quoi ?

– Je vais regarder passer les trains, Zorro !

## 14 - Pas le moment

– Ça te dit quelque chose, Casimir ?
– C'est pas le moment de me faire pouffer, gémit Cheryl depuis l'oreiller.

## 15 - Pour trois raisons

Gabriel n'intervint pas pour trois raisons. La première était que vingt-trois flics pour lui tout seul, cela faisait beaucoup.

La seconde était due à l'éloignement. Gabriel se trouvait à soixante-quinze mètres de l'endroit où les deux breaks 305 et les deux fourgons Durizotti éparpillèrent une pluie d'uniformes bleus. Plus précisément, il se trouvait à soixante-quinze mètres *au-dessus* de l'endroit, avec vue imprenable sur Paris, la grande banlieue, et le vent qui ne parviendrait plus jamais à en renouveler l'air fatigué par les bagnoles.

Des fourmis, mon œil.

Depuis son perchoir Gabriel, qui n'avait pas l'œil entomologiste, eut surtout l'impression de voir évoluer un banc de très petits poissons. Ils étaient tous ensachés dans la même livrée océan, frétillant beaucoup pour avancer peu. Ils calquaient leurs déplacements sur ceux de leur voisin, occupaient le terrain en désordre. Le banc était agité d'une inquiétude électrique, secoué par les ordres et les contrordres. Les flics avaient la trouille et des consignes. Ils se tenaient éloignés des murs et ne traînaient pas. Ils surveillaient le ciel et répugnaient à s'éloigner des voitures. Ils étaient en tenue légère, mais contre la vitre arrière du car étaient dressés en boisseaux des boucliers de plastique, des matraques américaines et des casques assortis.

Neuf poissons filèrent vers l'entrée C. C'était le mouvement d'ensemble d'un ballet maladroit. Pendant quelques secondes Gabriel regarda ceux qui étaient restés à l'extérieur faire nombre et resserrer les rangs. Il s'amusait beaucoup à ne pas entendre le bruit de leurs pas, ni rien d'autre d'ailleurs. Il se sentait enfant au bord d'un étang : un géant invisible penché sur la fébrilité bizarre et lointaine des alevins, aussi hors de portée d'eux qu'ils l'étaient de lui. Aucun uniforme ne s'était approché de la petite 106 fatiguée qu'il avait laissée quatre heures plus tôt à la garde d'un lampadaire, après l'avoir empruntée à Cheryl.

La troisième raison était bête comme tout : Gabriel ne comprit pas immédiatement le pourquoi du débarquement de chaussures à clous et, de surcroît, il n'était pas venu là pour y résister.

Il n'avait d'ailleurs rien contre les flics, à condition qu'ils lui foutent la paix.

S'ils étaient venus pour lui ils auraient au moins tâché de le localiser à la jumelle. Gabriel garda son calme, déglutit son vertige et commença de plier bagage.

Il cassa soigneusement la chaîne d'arpenteur et la fit couler au fond de son sac à dos. Il ôta la doudoune fourrée à la plume d'oie dans laquelle il avait passé la nuit, la plia et la bourra de taloches pour la faire entrer par-dessus. Il renoua un lacet. Il rangea contre le muret la pelle, les deux pieds-de-biche avec lesquels il avait forcé les portes de tôle des colonnes de service. Il ressortit la doudoune du sac pour glisser ses jumelles dans cet oreiller improvisé, referma de nouveau le sac. Il plia ses deux plans : celui de l'immeuble et celui, à plus vaste échelle, sur lequel il avait tiré au feutre de longues trajectoires pointillées. Il les fourra sous son pull, comme un coureur cycliste en haut d'un col.

À soixante-quinze mètres d'altitude au niveau de la mer Périphérique, dont on voyait vaguement le rivage scintiller depuis que le soleil avait pris possession de l'Ile-de-France, Gabriel s'étira. Il vérifia une nouvelle fois le répondant du béton sous sa semelle, et fut une nouvelle fois satisfait de la réponse. Il jeta un dernier regard à la perspective des quatre cent dix mètres de plaques lisses, moussues ou vaguement creusées par la pluie. L'architecte aimait les étagères bien rangées. Il avait soigneusement repoussé au bord du toit les cheminées, les aérateurs, les antennes collectives et les trappes des colonnes d'incendie.

Gabriel était seul piéton sur ce boulevard abandonné, jamais inauguré, inconnu. Il se sentait une âme de découvreur, vérifia machinalement que ses pieds n'étaient pas chaussés de larges bottes en vrai cuir : celles avec lesquelles, supposait-il quand il avait huit ans et des lectures en couleurs, des explorateurs mal rasés mandatés par des chochottes espagnoles esquintaient les plages de l'Amérique ; une cloche à fromage sur la tête, de la superbe plein le regard et des trous plein les dents.

Gabriel regretta presque son mépris foncier pour

les drapeaux : l'envie de piquer un petit fanion dans ce macadam vierge le chatouillait. Rien qu'un étendard de rien du tout fiché dans le ciment ; avec un Poulpe brodé dessus, qui se croisait les bras en toisant les emmerdeurs.

Gabriel se donna le temps de deux cigarettes, qu'il fuma en savourant tout le mal qu'elles lui faisaient. La fatigue et l'altitude l'inclinaient au soliloque. Il ne se savait observé que par une poignée de goélands mal coiffés, qui n'avaient jamais vu la mer. Ils tenaient séminaire à l'autre bout du toit. Gabriel les salua d'un geste de théâtre. Son chapeau imaginaire ne manquait pas de panache. Au fond d'un lit, une princesse se tordait les mains.

Puis il retourna vers la trappe et se prépara à se laisser basculer dans le local électrique, laissant aux emplumés mission de ne rien dire de sa visite.

Il fallut que le cri de terreur de la femme montât jusqu'à son balcon provisoire pour que Gabriel courût jusqu'au muret. Les huit uniformes, formant un môle hérissé de bras et de coudes, traînaient jusqu'au premier des breaks la silhouette d'une femme noire et qui leur résistait, courbée en deux. Ils la tiraient aussi par les cheveux. Gabriel jura.

Il pensa illico à Massonnat.

Le neuvième flic portait, sans fierté et à la suite des autres, un vilain sac de pauvre, l'une de ces poches plastifiées, planétaires, rayées et increvables, inventées exprès pour servir de bagage à la misère. Quatre policiers, puis la femme, puis le sac, puis trois autres policiers encore furent avalés par le fourgon de queue, qui démarra aussitôt. Les deux breaks lui filèrent le train. Le dernier fourgon fermait la marche, portière ouverte, comme une voiture-balai.

Gabriel par précaution resta agenouillé quelques secondes de plus. Une ZX beige quitta brusquement le couvert du parking, pour en remonter l'allée au ralenti ; quatre hommes à bord, en arrière-garde, prêts à fourrer dans leur coffre les amateurs d'embuscades. Une BAC au complet : seule l'administration pouvait, lorsqu'il s'agissait de choisir une bagnole passe-partout, confondre ainsi laideur et discrétion.

Durant la descente, Gabriel ne croisa personne. La cage d'escalier longeait les gaines des vide-ordures et l'odeur de la crasse avait imprégné le béton, depuis longtemps. À chaque étage la fatigue lui pesait un peu plus.

Il traîna le bout d'un doigt sur un mur granuleux. En repensant au boulevard qu'il laissait au-dessus de lui, il sourit tout de même.

Puis il continua de dévaler cette vis sans fin qui menait au réel.

Gabriel ne vit pas la minuscule silhouette hésiter sur le béton du parking, tanguant comme un prisonnier que l'on sort d'une cale, abruti par la lumière. Il ne la vit pas tendre les bras. Elle arrivait à peine à la hauteur des serrures des voitures. Le parking était étrangement désert et beaucoup trop grand pour elle.

Le convoi avait tourné le coin du boulevard et déjà négligé les feux. Par cette rivière molle, il en rejoignait d'autres, plus animées, puis des confluents fatigués, puis la mer de crasse ordinaire de la capitale.

Gabriel, échappant à la cage d'escalier, poussa doucement la porte qui donnait sur l'entrée E.

Il n'y avait pas d'appartements au rez-de-chaussée, juste les portes médiocrement blindées des caves. Une affiche au feutre délavé annonçait les permanences d'une association de locataires dans la salle commune. Même le carrelage de l'entrée était fatigué.

Gabriel se dirigea vers la 106 et déboucla son sac à dos.

Gabriel n'avait pas de rêves de gosse, il avait des rêves tout court, qu'il faisait durer le moins longtemps possible. Puisque la dalle qui servait de toit à l'immeuble mesurait quatre cent dix mètres on pouvait y faire atterrir un Polikarpov I-16 de 1937. C'était une simple question de géométrie appliquée à l'audace. Gabriel se fendrait la poire sous son casque de cuir, le cœur lui remonterait dans les oreillettes. Il ferma les yeux. Les rouvrit.

Jura.

Dans la voiture, une fillette noire jouait avec un lion en peluche.

– Pas celui-là, dit doucement Gabriel, il y a une grenade dedans.

## 16 - Deux minutes

Il lui fallut un peu moins de quatre minutes pour tirer les cent douze sonnettes des interphones de l'entrée C, autant pour la E, et réveiller un peu moins de six cents locataires, sans compter les squatters, dont la plupart apparurent aux fenêtres de l'immeuble.

Puis Gabriel se recula de trente pas, se campa bien droit sur ses jambes, face à l'immeuble.

Il lui fallut deux autres minutes pour vérifier que l'offrande qu'il brandissait à bout de bras n'intéressait personne.

Les fenêtres se refermèrent une à une.

Gabriel baissa les bras. Entre ses mains, la fillette pesait à peine plus qu'une plume. Bêtement, Gabriel l'assit au creux de son coude gauche et la serra contre lui.

Puis il décida qu'il ne servait à rien d'attendre que l'un ou l'autre des locataires cavernicoles sifflât les flics, pour qu'ils terminassent le travail. Il embarqua la gosse et prit la fuite.

## 17 - Quinze ânes

– Comment tu t'appelles ? demanda Gérard en agitant un tire-bouchon chromé comme il l'aurait fait d'un hochet. Mais la fillette, dans sa salopette de jean avec un éléphant brodé dessus, était sérieuse comme un pape et muette comme un mur de couvent.

– On ne dit pas son nom à dix-huit mois, décréta

Maria. Et puis tu ne vois pas que tu l'intimides ?

Maria était agenouillée devant la chaise, au fond de laquelle était assise la gosse. Le Pied de Porc à la Sainte-Scolasse était une crèche. Pas une crèche municipale : une crèche à paille et mangeoire.

Il n'y avait qu'un Jésus. Il était tout noir avec des tresses. Comme la chaise était trop grande pour lui, ses petites jambes étaient allongées à l'horizontale comme l'auraient été celles d'une poupée.

Il y avait, autour de la chaise, quinze ânes émerveillés.

– Tu l'as trouvée où ?

– La République fait des soldes. On liquide, résuma Gabriel depuis le bar. Gérard poussa vers lui une deuxième bière.

Gabriel s'était accordé un tabouret et une pression, malgré l'heure matinale, pour mieux observer la cène. Et tâcher de réfléchir.

La Duvel aux bulles microscopiques, piquantes comme des pointes d'épingle, ne lui faisait pas son effet habituel, celui d'un champagne joyeux, couleur d'or franc et bon marché. Lorsqu'il était entré dans le bistrot il avait fait l'effet d'un messie. La foule qui avait afflué l'avait oublié sur l'instant pour ne plus voir que le cadeau qu'il portait sur le bras gauche. Maria s'était illico emparée de la fillette. Gabriel n'était en rien jaloux. S'il trouvait sa bière amère, c'est qu'il avait moins l'habitude de subir que celle de frapper le premier.

Pour l'instant il ne savait à quel mur s'adresser.

Il fit tourner la bière dans le verre aux armes de

la trappiste –rond et peu profond, pour tuer la mousse– en signe d'impuissance. Le manège l'amusa peu, et il renversa de la bière sur son froc avant de recoller le verre sur son sous-bock. Gabriel sentait la colère refluer dans ses bras inutiles.

Il avait fait le point en conduisant d'une main sur le périph, pendant que de l'autre il maintenait la gosse contre son flanc. Elle s'était collée à lui pendant tout le trajet. Massonnat connaissait son affaire : la mère avait déjà été conduite dans un centre de rétention, on devait être en train de l'interroger. Un «centre de rétention administrative», avait rigolé Massonnat.

– «Administrative», tu vois ce que ça veut dire ? Tu vois ce qui se passe lorsque des fonctionnaires appliquent des directives ? Pas des fonctionnaires de police, non, non : des fonctionnaires tout court. Ce n'est pas un juge qui décide, c'est l'administration. Autant dire personne, ou juste un type planqué derrière son ordinateur. Il y en a d'autres qui tamponnent des feuilles de maladie : eux, ce sont des arrêtés d'expulsion. Dans le même genre, on connaissait déjà les employés d'état civil qui décrochent le téléphone pour appeler le proc, parce qu'ils ont repéré un nom étranger sur une publication de mariage. Et là, merde, tu imagines un guichetier à qui on donne un droit de vie et de mort ?

– Ça s'est fait chez Dante et chez Kafka…

– Connais pas, avait répondu Massonnat. Je ne connais que mon code pénal. L'autorité de la chose jugée, O.K. Un juge qui juge, d'accord. Mais pas un employé de sous-préfecture ! Tu confierais ta vie à un type qui refuse de donner son nom ?

Gabriel avait eu un renvoi de bile en repensant à la scène d'ouverture du film de Spielberg, *la Liste de Schindler*. Le faux documentaire en noir et blanc ne s'ouvrait pas sur une scène d'horreur tournée dans un camp, pas sur une exécution, pas sur l'atroce empilement de corps au bord d'une fosse commune. Il s'ouvrait sur les gestes mécaniques d'un gratte-papier d'élite dépliant une table, un tabouret, un plumier, une boîte à tampons sur un quai de gare polonais.

Gabriel détestait les administrations. Il détestait la lâcheté des hygiaphones. Même, il en avait peur. Il détestait l'anonymat des formulaires et des refus, il détestait le pouvoir des guichets et des règlements au moins autant qu'il abominait les passe-droits. On ne rejette pas des hommes à la mer comme on balance une carte grise sur un comptoir.

Les guichets sont des endroits louches.

– Faut pas considérer le pire comme exceptionnel, grimaçait Pedro. Faut pas prendre les fachos d'avant pour des fachos d'élite ! Moi, quand je lis dans le journal que les imbéciles à grosses chaussures qui défilent devant la statue de Jeanne d'Arc sont «des nazillons» ou simplement de jeunes crétins, je me dis que le journaliste n'a rien compris. Parce que tu crois que les S.A. ou les gars de la Milice étaient des intellos ? Ils étaient ni plus ni moins imbéciles que ceux-là. Ni plus ni moins fachos. Ni plus ni moins dangereux.

Gabriel avait fait une fac d'histoire, Pedro avait vécu de grandes histoires. C'est par solidarité quasi familiale et par respect que Gabriel avait fait sonner les premières baffes distribuées à des nostalgiques des brassards décorés.

La bière lui donnait des envies de films d'action.

– C'est marrant, parce que j'ai vu tous les Spielberg mais pas celui-là, avait lâché Massonnat. N'empêche qu'avec mon fourgon et mes douze mômes, je me suis fait un putain de cinéma, tu ne trouves pas ?

– Ça devait être joli, avait souri Gabriel.

Le film tournait à vide. Gabriel sentait la pellicule patiner sur le guide. Il vérifia la date au calendrier des Postes et se sentit un mieux.

En cuisine, Vlad avait pêché sur une étagère une assiette en plastique. Maria avait écrasé à la fourchette une petite purée de légumes frais. Gérard avait vissé une paille dans un Coca, planté le Coca sur la table à côté de l'assiette et posé un petit parasol en crépon sur le goulot, avec autant de ferveur artistique qu'un Vinci mettant le dernier cil à sa Joconde.

Les ânes avaient reculé d'un pas : ils attendaient un miracle.

Le miracle se produisit lorsque la gosse empoigna maladroitement la petite cuillère, et la plongea dans la purée, en la faisant cogner sur le fond de l'assiette. Sans quitter l'assistance des yeux, elle ramena la cuillère vers sa bouche.

Les ânes retenaient leur souffle.

Gabriel aurait juré voir des préambules de larmes perler au coin des yeux, lorsque la gosse ouvrit le bec pour s'enfoncer la cuillère dedans, un peu moins profond que la glotte. Puis elle offrit à tous un premier sourire, lumineux comme un jour de fête foraine.

– Le Coca, t'aurais pas dû..., murmura Maria.

Il y avait dans sa voix l'extase feutrée et la retenue orgasmique d'une paroissienne en communion.

– Ta gueule, souffla Gérard sur le même ton.

## 18 - Le bon docteur Vlad

Le lendemain, à la même heure, Vlad sortit du Pied de Porc sans enfiler sa veste. Sa chambre de bonne donnait sur le boulevard Ledru-Rollin. Il réapparut cinq minutes plus tard, nanti d'une serviette de cuir râpée qu'il serrait contre lui comme on porte un message important. Les outils de médecin qu'elles contenaient avaient déjà dû servir pendant la dernière guerre, les seringues alignées comme des cartouches au fond de leur boîte en tôle étaient en verre et métal, mais le tout était impeccablement propre. Le stéthoscope fonctionnait encore et Gérard fournit une petite cuillère nettoyée à l'alcool en guise d'abaisse-langue.

La gosse était en parfaite santé, certifia Vlad en décollant ses oreilles postiches et en pliant le tuyau en huit avec des gestes praticiens. Gabriel n'avait jamais pu deviner quelle dictature il avait fui avant de se réfugier en France. Mais il était bien ancien médecin. Ses énormes doigts étaient capables d'une infinie tendresse lorsqu'ils maintenaient la fillette couchée sur le côté au milieu de la nappe, lui palpaient le ventre, tiraient sur les paupières pour dégager le fond de l'œil. Une lampe de poche entre les dents, Vlad inspecta les deux oreilles. La fillette se laissait faire. Puis il rangea soigneusement sa panoplie, referma la sacoche, la posa à terre et l'envoya d'un coup de pied précautionneux rejoindre sous sa table de travail les cageots vides et les stocks de pommes de terre. Avant que la gosse ne soit expédiée au grand air pour quelques jours, il avait tenu à s'assurer de son état.

Il n'avait pas demandé où Gabriel se préparait à la conduire. Sa discrétion était plus qu'une politesse : c'était un réflexe.

– Elle a un peu moins de dix-huit mois, avait-il ajouté : elle a quasiment toutes ses dents de lait. Pas trop bien nourrie, mais rien de dramatique.

La fillette, allongée sur le dos, tendait un index vers lui pendant qu'il repliait son stéthoscope. Vlad se pencha et posa un baiser furtif sur le bout du doigt. Puis il regarda ailleurs. Il referma la salopette de jean, assit la gamine sur le bord de la table. Tout le monde avait la tremblote, remarqua Gabriel qui se sentait bizarre.

Dans la valise, modèle ancien à courroies et fermoirs de métal, Maria empilait avec soin les petits vêtements qu'elle avait achetés, par-dessus ceux dont Cheryl avait fait l'emplette, et sous les peluches que Gérard certifiait avoir recueillies sur un trottoir.

Gabriel, l'air gêné, tassa entre les deux piles un Casimir orange à pois jaunes, en vraie feutrine, tombé du ciel. Puis il sortit pour ficeler la valise au sissybar de la Harley. Le paquet de couches pardessus. Gabriel ajusta son Cromwell, dont il laissa pendre la bride sur sa joue. Il lui avait fallu un temps fou pour en ajuster un second à la taille de la fillette, en trépanant la calotte à la scie à métaux. La bride provenait d'une paire de patins à roulettes.

Gabriel mit la péniche en route et la débéquilla. Vlad et Gérard ligotèrent la fillette contre son dos pendant que le moteur chauffait. Ils ajustèrent sur elle un immense cache-poussière modèle western, dont Gabriel referma les boutons sur son blouson à lui. Le dos de Gabriel suffirait à l'abriter du vent ; il avait promis de rouler comme on roule lorsqu'on transporte derrière soi une princesse assoupie, ce qui était exactement le cas. Gérard vérifia une dernière fois les sangles. Maria se tordait les doigts en souriant. Elle avait elle-même calé un biberon-thermos dans l'une des sacoches cloutées.

Il était maintenant un peu plus de six heures du matin. Maria fit un signe d'adieu, en se tenant à la porte.

Neuf feux rouges plus tard, un motard longiligne et très bossu remontait le périphérique extérieur en direction du nord. Avant de remuer un peu d'air, Gabriel avait décidé de mettre Poucette à l'abri.

Parce qu'ils l'avaient appelée Poucette.

## 19 - Deux doigts

Gabriel était tombé par hasard sur la Harley. Mieux : elle l'avait cherché.

Gabriel repérait la disposition des entrées de l'hôtel Ibis de Roissy, accroupi sur une Mobylette bleue authentique mais trop petite pour lui, lorsque l'imbécile s'était gaussé. Il n'avait pas dit un mot, mais il avait eu un ricanement intérieur. Probable même qu'il avait agacé le volant magnétique du bout de la santiag, pour faire reluire le croco de ses bottes à deux mille balles la paire. Il portait par-dessus un futal en cuir lacé jusqu'en haut des cuisses, avec une veste assortie et des Ray-ban fumées qui faisaient ressortir son bronzage. Gabriel jugea qu'il bossait ou dans la pub, ou dans la dope. De surcroît sa bécane était trop propre.

Non seulement Gabriel, garé au même feu, n'aimait pas les signes extérieurs de connerie, mais, il avait, à ce moment précis, une envie folle d'être susceptible.

Sans lever les fesses de sa selle à ressorts, Gabriel avait brandi bien droit deux doigts de la main gauche : l'index et le majeur. Il avait agité l'index : le crétin friqué s'était penché vers lui. Délicatement, Gabriel lui avait enfoncé profond les deux doigts dans les narines. Puis il avait vissé la poignée de gaz de sa chiotte et le type avait suivi, sur dix bons mètres, déposant sur le macadam un téléphone portable et tout une bimbeloterie du même plastique, pendant que la Harley s'abandonnait sur le côté.

Gabriel lui avait laissé la mob et un mouchoir.

## 20 - Un petit kangourou

Il avait aussi passé plusieurs coups de fil à quelques associations de défense des immigrés, sans résultat, essayé de joindre Massonnat : le téléphone avait sonné pour personne dans la maison de Ronchin. Il avait consulté l'horaire des avions pour l'Afrique avant de se rendre compte que les charters affrétés rien que pour le ministère de l'Intérieur n'y figuraient pas. Il n'était même pas sûr que l'avion doive partir de Roissy : l'habitude européenne était maintenant au ramassage, de Rotterdam à Francfort. Il n'était même pas sûr d'avoir des idées très précises sur la conduite à tenir.

Si la gosse était restée, c'est que la mère l'avait voulu, ce qui semblait impensable. Ou qu'elle n'avait pas eu le temps de l'emmener avec elle, ce qui était stupide, donc plus plausible. Mais ne lui disait pas ce qu'il devait faire d'elle.

Garder la gosse, c'était approuver le boulot de ceux qui se préparaient à expulser sa maman. La rendre à sa mère, c'était finir le travail à leur place.

Les parents d'enfants nés en France étaient inexpulsables, lui avait expliqué Massonnat, ce qui n'empêchait pas les dérapages, et ne leur donnait pas non plus droit à un titre de séjour. Ils étaient condamnés à être des clandestins reconnus. L'administration, qui adorait les couloirs, en avait créé un de plus : un no man's land peuplé de fantômes officiels, disposant du droit de survivre en France, à l'exclusion de tout autre.

La seule régularisation possible passait par le départ. Aucun fonctionnaire du service des étrangers ne se privait de leur montrer la porte ; avant de rentrer dans son HLM par une autoroute dont pas un seul mètre n'avait été damé sans un coup de biceps métèque.

Sauf la Harley et un peu de colère supplémentaire, Gabriel n'avait rien ramené de sa journée. Il l'avait quasiment passée à tourner en rond sur le périphérique, épuisant l'impuissance qui l'étouffait en même temps que le contenu du réservoir. Il avait perdu une partie de la matinée à rôder devant le palais bucarestien de TF1, à Boulogne, se demandant si en accélérant à fond en traversant la Seine il aurait assez d'élan pour fracasser les portes, bousculer deux rangées de vigiles, et débouler dans le studio à l'heure du journal, Poucette dans les bras, pour dire en direct au ministre que ses flics avaient oublié «ça». Mais il aurait fallu des troupes d'assaut pour envahir la forteresse. Au reste, pour éviter toute spontanéité non travaillée, le journal était parfois diffusé en faux direct.

En sortant du Pied de Porc, Gabriel avait taillé jusqu'au salon de coiffure. Cheryl avait accueilli la gamine avec encore plus d'émerveillement que de surprise. Gabriel lui avait expliqué comment et pourquoi elle était tombée du ciel dans ses bras, jetée du nuage à coups de pompes par une circulaire ou un décret de loi.

Cheryl avait illico décidé de fermer son salon pour la journée : la fillette, décréta-t-elle, n'était pas encore en état de s'occuper toute seule. Il lui fallait, sans rire, une présence féminine.

Pour leur déjeuner Cheryl avait cuisiné une purée de carottes, un œuf coque, des mouillettes, des crêpes au chocolat : la fillette avait goûté à tout et jeté une crêpe sur le carrelage.

– On s'est entendues comme deux copines, avait-elle assuré en soirée, pendant que Gabriel achevait de bricoler les plaques de la 1340 Convertible, béquillée sur le lino entre les bacs à shampooing et les séchoirs en forme de tulipes cauchemardesques. Chaque fois qu'une candidate au zéphyr s'engageait la permanente dans l'abat-jour, Gabriel s'attendait à ce que la fleur de tôle referme sur elle des dents pointues, ou la gobe avec un bruit de succion. Cela ne se produisait jamais. Il ne désespérait pas. Dans l'après-midi la gosse avait fait une sieste, interrompue par ce qui ressemblait à des cauchemars. Plusieurs fois, elle avait, sur des jambes encore vacillantes, pendulé jusqu'à la porte. Elle n'était pas encore assez grande pour se pendre à la poignée. Cheryl, chaque fois, était allée la rechercher.

La fillette marchait à pas démesurés et prudents : elle les calculait un par un, à la fois hardie et tremblante, affrontant l'espace en écartant les bras comme un marin bourré remonte le pont d'un navire qui chahute. Elle s'agrippait à tout ce qui pouvait l'aider : une chaise, le bord du canapé gonflable en plastique rose qui figurait deux lèvres entrouvertes, l'une faisant assise et l'autre dossier, les franges du couvre-lit, la jambe du pantalon de Gabriel, la silhouette en carton de Kevin Costner empruntée à la caisse d'un cinéma, et qui montait la garde le colt à la main devant la porte des toilettes.

Elle s'était endormie après le passage vespéral de Nounours, qu'elle semblait n'avoir jamais vu auparavant.

– Tu comptes la déposer à la porte d'une préfecture avec un écriteau autour du cou ? susurra Cheryl. Ne te presse pas trop, je me sens monter des envies de berceuses…

De la main, étendue jusqu'à toucher le dessus de table de chevet en imitation léopard des neiges à poils ras, elle cherchait un truc qu'elle ne trouvait pas.

Gabriel n'avait rien répondu, parce qu'il avait la langue occupée en même temps que les doigts.

Dans le noir et de l'autre main, Cheryl lui caressait distraitement le cuir chevelu du bout d'un ongle que Gabriel savait rouge vif, lisse et poli comme une carène de voilier. Gabriel grogna.

– Chuuuuut, fit Cheryl.

D'ailleurs c'est elle qui, dix minutes auparavant, avait fixé la règle du jour : en silence.

À l'autre bout de la pièce, dans un curieux nid fait de pulls en mohair, de kangourous de diverses tailles, d'une veste trois quarts en peluche synthétique rose et de pelotes de laine angora, dormait l'enfant. Elle avait dévasté la collection de cent Bambi de plastique alignés sur l'étagère. Dans son sommeil elle tenait, bien serrées, quelques figurines sur son cœur.

Gabriel s'était déshabillé dans le noir puis glissé entre les draps de satin bleu nuit avec un sentiment curieux. Il ne savait pas exactement ce qu'il éprouvait, sinon qu'il éprouvait «cela» pour la première fois.

Cheryl fit glisser à terre *le Monde diplomatique* frais du jour, qu'elle n'avait pas eu le temps d'achever, en même temps que les quatre bracelets qu'elle avait posés dessus.

– Je l'achète pour les mots croisés, avait-elle grincé à l'adresse de Gabriel, qui la félicitait pour ses bonnes lectures.

Gabriel l'entendait encore tâtonner. La main d'albâtre qui portait ses bagues en argent et ses boucles d'oreille en pâte de verre fila sur la moquette, en même temps que le radioréveil en forme de juke-box miniature. Cheryl finit par mettre la main sur le plus petit des kangourous, qu'elle se rappelait avoir accoudé à une photo dédicacée de Jean-Jacques Goldman.

Elle se le fourra dans la bouche.

Il y avait tricherie.

Dans son sommeil, la fillette soupira.

## 21 - Dans la bagarre

Lorsqu'il sentit que Poucette se réveillait, Gabriel lâcha la poignée d'embrayage de la main gauche pour aller lui caresser maladroitement le dos. Quelques centaines de mètres plus loin il coupa les gaz, et termina en roue libre devant la façade d'un café pour camionneurs. Poucette, lorsqu'il la détacha en se tortillant, se frottait les yeux mais ne pleurait pas. Gabriel déboucla le casque miniature, la prit sous son bras et pénétra dans le café.

Gabriel avait manié toutes sortes d'armes mais encore jamais de biberon. Sans trop réfléchir, parce qu'il détestait perdre du temps, il empoigna le biberon comme il l'aurait fait d'une AK 47 et plongea dans la bagarre en retenant son souffle.

Poucette siffla le mélange vanillé jusqu'au dernier grumeau.

Puis, il la laissa jouer avec le chat du bord sur le carrelage du bistrot, entre les pieds des chaises et sous les yeux humides de deux livreurs de tourteaux en gros qui descendaient vers l'Italie, dans un Saviem douze cylindres diadémé d'un Bibendum lumineux.

Il lui restait un peu moins de cent kilomètres à tuer.

Lorsqu'il repartit, il choisit de caler Poucette devant lui, sa tête reposant contre son sternum et ses fesses sur l'extrémité avant de la selle. Ainsi, à travers les lunettes de soleil en plastique moulé que Cheryl lui avait offertes, elle pourrait voir le paysage.

Poucette tressauta quand il enclencha la première d'une boîte qui avait oublié d'être synchronisée ; quand il accéléra, elle partit en arrière, et se mit à rire aux éclats en se tortillant sur son bout de selle.

Gabriel récolta ce mica et en remplit ses poches.

## 22 - Jusque-là

Jusque-là, il avait préféré ne pas la regarder.

## 23 - Mordre

Il aurait sans doute préféré se battre, donner des coups de tête, cogner dans le lard d'une grosse de tatoués, plutôt que d'écouter cette petite vie sauvage battre la mesure de la course à coups de pied contre les flancs dodus du réservoir.

Elle chantait, il l'entendit par-dessus le fracas du moteur, il s'en mordit les lèvres.

## 24 - Les morpions des villes

Mémé Trissac avait toujours accueilli des enfants de putains. Plein d'enfants de putains. La colo des Hauts-Buttés, planquée au fond des bois à cinq cents mètres de la route principale qui fendait le plateau, était un repaire de morveux qui n'avaient jamais connu que leur mère.

Mémé Trissac avait des bras pour tout le monde et toujours un coin de châle pour éponger les pleurs. Dans la cuisine de la maison forestière à volets de bois, parements de briques, toit de tuiles, le Godin en fonte ne refroidissait jamais, et les tartines étaient coupées épaisses comme des mains d'adulte dans un pain qui aurait étouffé un ogre. Il y avait à l'étage assez de dortoirs pour abriter les rêves de grandes sœurs d'une tripotée de morpions des villes.

Mémé Trissac avait accueilli ses premiers pensionnaires avant la loi Marthe Richard. Aujourd'hui son adresse restait une valeur sûre de la rue Saint-Denis, des derniers claques de Marseille, des boxons de Casa qui savent se cacher dans les ruelles, et même, des nouvelles demoiselles du téléphone. On se l'échangeait sur les trottoirs, dans le creux des mains. On se la refilait de mère en fille. Elle avait même, chevauchant des cargos rouillés par la misère, voyagé jusqu'au Ghana. Mémé Trissac se moquait des couleurs.

Elle hébergeait les enfants de la chance pour de longues vacances. Chez elle, on venait les mettre au vert, on les y oubliait le moins longtemps possible ; lorsqu'on les récupérait, ils avaient appris à jouer du canif et à torcher plus petits qu'eux. Ils avaient pris quelques kilos. La camionnette de l'épicier passait tous les deux jours, les gendarmes beaucoup moins souvent et surtout pour vérifier que personne ne manquait de rien. Un médecin montait de Fumay quand un grand descendait le chercher, en dévalant les pentes du plateau jusqu'à la Meuse.

Lorsque Gabriel coupa les gaz sur le chemin creux, louvoyant entre les ornières où la fourche engageait, Mémé l'attendait devant sa porte. Une demi-douzaine de mioches, dont le plus grand aurait pu la prendre sous son bras, gardaient la pose autour d'elle comme une escouade de gardes du corps.

Les autres maisons du hameau étaient plus loin, à peine à portée de voix, partageant la même vue sur les bois à sangliers. Sur la gauche une silhouette en bleu de travail traversait la clairière à pas lents, en direction d'un tracteur ancien. Gabriel fit taire la Harley d'un coup de pouce au coupe-circuit et termina en roue libre. Poucette s'était recroquevillée contre lui. Les mômes n'avaient pas bougé. Certains n'étaient déjà plus des mômes. Ils venaient là à chaque printemps, depuis qu'ils avaient appris à marcher et à prendre des beignes. Mais il n'en reconnut aucun. En signe de paix, Gabriel s'arrêta à plus de dix mètres du seuil, comme s'il lui avait été impossible d'aller plus loin avec la moto. Les rondins de bouleau empilés sous des feuilles de tôle, contre le pignon, luisaient au soleil, pareils à des poissons à écailles. Un petit tas de poussière d'or s'était formé sous le chevalet.

Lorsqu'il posa Poucette à terre elle se colla contre sa jambe, il la repoussa doucement pour éviter qu'elle ne se brûle sur les pots. Maladroitement, il se pencha pour la récupérer, et la cala sur son bras.

– C'est Gabriel, un môme qui a mal tourné ! cria Mémé Trissac assez fort pour faire peur aux plus petits, qui ne s'accrochèrent que plus fort à ses bas à varices. Les plus grands esquissèrent un sourire et desserrèrent un peu les rangs. Ils jouaient aux durs, croisant leurs bras sur des tee-shirts trop étroits qui avaient appartenu à d'autres.

La nuque appuyée sur le montant de la fenêtre, une fille d'environ seize ans fumait une blonde en la mâchouillant comme un homme. Sous une robe courte et un peu sale, elle pointait deux seins dont elle ne savait que faire. Lorsqu'un petit tenta de lui ravir le Game Boy qu'elle tenait, elle eut un mouvement brusque et enfantin pour le lever en l'air, comme on met une poupée à l'abri des convoitises. Elle fit mine de frapper le morveux mais n'acheva pas son geste. Elle gardait dans l'autre main son paquet de cigarettes.

Gabriel dut se plier en deux pour embrasser Mémé Trissac. Elle ouvrait les bras à tous les gosses.

Elle ne s'étonnait jamais de le voir débarquer une ou deux fois l'an. Mémé Trissac avait été une des plus belles filles de sa maison, avant de préférer les mômes. Elle en avait gardé cette habitude de se poudrer les joues. Aujourd'hui elle ressemblait, avec ses joues trop roses, à une souris rieuse, obèse et emmitouflée.

Quelques mômes restèrent dans la cuisine, debout dans le dos du fauteuil où Mémé Trissac avait enfoncé son mètre quarante-cinq. Pour eux Gabriel n'était qu'un visiteur. La garde d'honneur ne le dérangeait pas.

– C'est pour quelques jours. Une semaine au plus, dit Gabriel.

Mémé agrippa les quinze billets de deux cents. Elle les tendit sans les regarder à un gamin qui s'en alla les fourrer dans le pot à sucre, sur l'étagère.

– Tu peux aller jouer avec les autres, lui dit-elle quand il fut redescendu de son tabouret.

Poucette faisait semblant d'ignorer ce nouveau monde. Elle jouait à garder son équilibre, s'appuyant d'une main sur le mollet de Gabriel, de l'autre un pied de table. Mémé Trissac la regarda en plissant les yeux, comme si elle avait voulu remonter le temps.

– Ça fait longtemps que je n'ai pas vu débarquer de miniature, soupira-t-elle. Est-ce que tu as seulement apporté de quoi ?

Gabriel désigna du menton la valise qu'il avait posée contre le mur. Mémé ferait l'inventaire plus tard.

– Les grands s'en occuperont. Et j'ai quelques filles qui seront ravies de jouer à la poupée, ça leur occupera la tête.

Gabriel se leva pour aller se servir en café, sans qu'on l'en ait eu prié. Il savait encore où étaient les tasses. De l'arrière de la maison provenaient des cris de Sioux, des cris d'Apaches, des cris de Crees et les gloussements des filles dont on agaçait les fesses avec un bâton.

Gabriel n'avait passé de vacances ici que le temps de se faire oublier de quelques flics têtus. Il avait d'autres souvenirs, plus lointains : ses parents et Pedro assis dans la cuisine. Pedro –des allures d'Apache lui-même– qui embrassait Mémé. Mémé plus grande que son buffet. Ces gosses rugueux qui lui refilaient le secret des nids de couleuvres. À la fin de l'après-midi, il fallait remonter dans la Panhard deux-temps, après un dernier coup de pied à ces feuilles mortes qui ne voulaient jamais remonter jusqu'aux arbres. Gabriel avait déjà les bras longs : il avait gagné le concours de décrochage de nids et l'admiration des filles.

– C'est ta fille ?

– Non.

– Je ne veux pas d'histoire de garde, et tout ça. Ça complique tout, et ça attire les flics.

Gabriel haussa les épaules.

– C'est le ministère des expulsions qui l'a oubliée dans un coin.

Mémé Trissac pencha doucement la tête pour observer Poucette. La gamine s'était enhardie. Debout, les mains sur les hanches, elle dévisageait le poêle.

– Elle vient d'où ?

– Sais pas, dit Gabriel. Cheryl l'a appelée Poucette parce qu'elle trouvait que ça lui allait bien, mais sans pouvoir me dire pourquoi. Tu sais, la Cheryl qui est coiffeuse…

Mémé fit comme si elle savait.

Poucette se retourna vers Gabriel, comme si elle quémandait l'autorisation d'aller se promener plus loin.

– Tu fourres toujours ton nez dans les affaires des autres ?

Gabriel ne répondit pas.

– Faut pas aller contre sa nature, approuva Mémé. Et la gosse, ça fait longtemps qu'elle est avec toi ?

Gabriel compta sur ses doigts.

– Trois jours. Maintenant, il va falloir que je lui dise au revoir.

Il alla à la valise et en tira le Casimir orange, qu'il tendit à Poucette. Poucette l'étreignit mollement, puis le laissa glisser à terre. Elle le rattrapa par une patte et le laissa traîner sur le carrelage, la tête en bas. Les petits yeux de plastique dur rebondirent contre sa chaussure. Elle n'avait pas cessé de dévisager Gabriel.

– Je m'en vais Poucette, mais je reviendrai. Comme ça je pourrai te raconter la suite de l'histoire.

La gosse fit la moue. Gabriel se rendit compte qu'il venait de lui parler pour la première fois.

Il s'arracha.

Mémé gloussa, d'un petit rire qui secoua les franges de son châle.

Les quatre ou cinq plus grands des mômes étaient assis sur la pile de rondins. La fille aux cigarettes avec. Ils regardaient la Harley d'assez loin, en veillant à montrer qu'elle ne leur faisait pas envie. L'un des mômes serrait contre lui, sans les regarder, une pile d'illustrés. De ces petits formats mal imprimés dont la reliure lâchait au sortir du magasin. Gabriel se demanda si l'on vendait encore les aventures de Rahan.

À huit ans, quand un grand le bousculait sur les trottoirs de la rue Saint-Bernard, il portait la main à sa hanche et y tâtait le poignard en dent de tigre du fils des âges farouches. À défaut, un coutelas de bois durci au feu de la gazinière faisait l'affaire. Le grand n'y revenait pas.

Sur la façade, l'un des volets verts était défait. Gabriel nota bêtement que le scellement du loqueteau avait lâché, abandonnant une coulée de poussière grise.

– Elle s'appelle Poucette ! lâcha-t-il en passant devant le petit groupe.

– On s'occupera de ton petit cœur, beau mec…, lança la fille, et cela fit pouffer les autres.

Mais quand Gabriel se retourna, elle souriait pour de vrai. Comme les autres, elle avait des marques aux genoux.

Gabriel inclina la tête pour les saluer tous et partit sans traîner parce qu'il avait du pain sur la planche, une colère sur le feu, et le cœur assez gros pour remplir une boîte à chaussures.

## 25 - Pemmican

Sur le chemin du retour, il arrêta la Harley sur un pont d'autoroute. Les yeux fixés sur les feux rouges lancés à toute allure au-dessous de lui, il s'étira et s'accouda à la rambarde. Les poids lourds faisaient claquer leurs bâches à même pas un mètre sous ses pieds, avant d'aller tanguer plus loin sur la file de droite. Le tablier du pont tremblait à chaque fois.

Gabriel plongea la main dans sa veste et entreprit de se bourrer mécaniquement de petits-beurre. Entre deux bouchées, il tétait du Coca en bonbonne acheté dans la même station-service. C'était presque aussi bon que de déchirer du pemmican, assis dans les herbes de la Grande Prairie.

Il se termina en avalant cinq petits-beurre d'un coup, tout le fond du paquet, arraché au carton ondulé comme de la tôle qu'aucun fabricant n'avait osé remplacer.

Puis il reprit la Harley par les cornes et tailla sur Paris. À onze heures du soir, le périphérique continuait de gronder. Il remonta le courant en vissant à fond, gicla à la porte de Clichy, et se cogna au premier hôtel venu.

## 26 - Comme un traître

Gabriel ne connaissait aucun point du corps humain qui ne fasse mal quand on le tord entre deux doigts. Il n'en connaissait non plus aucun qui ne fasse du bien quand Cheryl s'en emparait. L'endroit où le chien mord a moins d'importance que la morsure. Comme la porte de l'appartement faisait des manières Gabriel la dessala d'un coup de pied.

Les flics avaient commencé le travail : la porte répudia ses gonds dans un craquement minable. Elle tomba raide comme un traître de film.

– Hé, ho, on fait rien de mal… meugla un duvet des surplus militaires, mal réveillé. Une fois bordé brutal par cette couverture en bois, il se rendormit.

Des vilains mégots trempaient dans le creux d'une boîte de sardines ; de toute façon, il en aurait fallu plus pour le décoller de ses rêves huileux. Gabriel vérifia qu'il ne s'était pas mis à ronfler, releva la porte et l'adossa à un mur.

– On fait rien de mal, répéta le deuxième duvet, qui s'était levé sur un coude.

C'était une fille. Elle avait tout un côté du crâne rasé, comme Sigourney Weaver dans *Alien*, avec le même maillot qui faisait ressortir les maigres muscles de ses bras de chat. Sigourney Weaver par contre ne portait pas d'anneau dans la narine gauche et ne s'essuyait pas le nez d'un revers de poignet lorsqu'elle se réveillait.

– Moi non plus, dit Gabriel.

Il identifia sans surprise, alignés contre les plinthes gauchies par le mauvais chauffage, les résidus de déglingue qui meublent ordinairement les piaules de fortune. Une boîte de conserve transformée en réchaud à alcool, un rouleau de sacs en plastique, des fringues luisantes de crasse, des matelas de camping, des bougies écrasées dans les petits pots pour bébés ; les moins chers des repas pour adultes, à condition de les faucher dans les grandes surfaces. Un cageot retourné servait de table. Un pantalon séchait, suspendu à une poignée de porte, un autre sur le radiateur éteint. Gabriel alla au pas de charge vérifier que les deux autres pièces étaient aussi vides que celles-ci. Une rouille précoce avait bouffé la tuyauterie de la salle de bains.

La fille avait tiré à elle un paquet de Camel. Elle s'en était fiché une dans le bec mais peinait à gratter une allumette. Son autre main restait coincée sous sa joue, elle s'efforçait à la désinvolture. Gabriel lui donna seize ans, pas plus. L'appartement sentait la bougie éteinte, l'alcool, la transpiration, le sperme et le plâtre humide. Il était un peu moins de six heures du matin.

L'occupant du duvet numéro un émergeait. Il s'était même adossé au mur. Maladroitement il avait tiré le sac sous ses fesses, pour emprisonner un restant de chaleur dans cette couette qui ne cessait de retomber sur son ventre. Là-dedans il était à poil, et guère plus âgé que la fille.

– De la merde, c't'hôtel. Le garçon d'étage passe quand on le sonne pas et il oublie les croissants. T'es flic ?

Gabriel hésitait entre ados tourmentés en virée cradingue et naufragés certifiés. Il opta pour la version originale des paumés de la zone quand le gosse ramena de dessous ses fesses un morceau de tuyau de plomb, et fit mine de planquer une boîte à seringues en tôle, à l'ancienne. Comme celle de Vlad, pensa Gabriel.

Sans le faire exprès, Gabriel renversa une bouteille étoilée à demi pleine d'un liquide jaunâtre. Les chiottes étaient bouchées. Ils s'en tiraient avec un entonnoir de papier. Avec deux doigts, il redressa la bouteille puante, avant qu'elle ne glougloute. Le garçon s'efforçait laborieusement de se mettre debout.

Ses guiboles le lâchaient. La fille grimaça, cracha par terre et décida qu'il valait mieux ne pas compter sur lui.

– Garçon d'étage, dit Gabriel. Je suis le garçon d'étage.

– Alors fous le camp.

Gabriel traversa la pièce en une enjambée, se pencha sur le môme et cueillit le tuyau de plomb, sans se pencher. Le gamin rentra par réflexe la tête dans les épaules, se fit un casque idiot de ses deux mains.

– Juste un garçon d'étage, dit à nouveau Gabriel, du plus doucement qu'il put.

Il ouvrit les mains et le tuyau fit une marque sur le lino, pile entre ses pieds. Gabriel, du bout de la semelle, le poussa contre la plinthe, s'assura qu'il avait dans son champ de vision et la fille, et le gosse. Le gosse était complètement à poil et faisait toujours mine de se lever en s'appuyant d'une main contre le mur ; de l'autre il protégeait ses couilles. Comme Gabriel ne bronchait pas, il renonça d'un coup. Il tira avec méfiance son duvet, comme un escargot qui ramènerait à lui la coquille dont il serait sorti par erreur.

– Dans une minute, je serai parti et je ne vous aurai fait aucun mal, dit Gabriel. Je n'ai rien à vendre, je ne suis pas flic, je ne veux pas vous chasser et je ne suis même pas venu vous dire que dans une semaine à ce régime-là vous n'aurez plus de cloison nasale, parce que vous le savez déjà. Ce que je veux, ce sont des nouvelles des anciens occupants de l'appartement. C'est possible ?

– Y'avait personne, jeta la fille.

– Je sais, dit Gabriel. Mais est-ce qu'il restait quelque chose ? Je veux dire des vêtements, des papiers, des meubles…

– Les meubles, les gens les ont piqués, renifla l'envapé.

– C'est comme ça qu'on a trouvé l'appart, compléta Sigourney. On a vu un gars qui sortait avec un radiateur, un autre avec une table et une télé, même qu'il s'est cassé la gueule dans l'escalier. Alors on s'est dit qu'il devait y avoir de la place…

– Il ne restait rien d'autre ?

– Y z'avaient fait le ménage, ricana le duvet numéro un. Tout ce qui se revend. Il y a aussi des gens de l'immeuble qui sont venus se servir.

Lorsqu'il avait cru que Gabriel allait le massacrer, il avait arboré le même rictus, ou presque : tout ce qui lui restait pour montrer qu'il n'avait rien à foutre des coups, qu'il en avait déjà pris plus qu'on ne pourrait lui en donner. Maintenant, il avait repris un peu de couleurs. Ça ne lui enlevait pas ses dents pourries.

– Il y avait ça, dit la fille.

Elle se leva et traversa la pièce sur ses pieds nus, en tee-shirt et en culotte. La culotte était sale. La fille qui était dedans, ne put s'empêcher de lire Gabriel, avait dû se balader dans des fringues d'adolescente ordinaire, faire danser ses fesses dans ces machins moulants et acidulés qui font tourner le cœur des lycées. Sauf les marques qu'elle avait au bras, son crâne mal rasé et sa chair de poule, elle n'était pas trop abîmée. Lorsqu'elle arriva contre le mur du fond elle s'agenouilla devant un grand carton de déménagement et le retourna gauchement, comme un enfant saisit un cube plus grand que lui. Elle le reposa, l'ouverture au-dessus. Elle plongea dedans jusqu'à la taille au travers des rabats ; lorsqu'elle émergea, elle ramena à elle une pile de vêtements.

– Des trucs de gosse, annonça-t-elle au cas où.

Les deux bras tendus devant elle, elle montra à Gabriel une salopette miniaturisée, presque la même qu'il avait vue sur Poucette le matin où elle était tombée du ciel. Et puis des sweat-shirts minuscules, des pantalons de trente centimètres, deux pyjamas, l'un à nounours, l'autre à lapins idiots. Il y en avait quelques dizaines d'autres comme ça.

La fille les exhibait l'un après l'autre. Ensuite, elle les repliait machinalement sur ses deux index et les posait sur le lino en une pile presque impeccable, dont elle flattait le dernier étage de la paume, comme une blanchisseuse. Elle faisait ça avec un soin exagéré. Elle donnait l'impression de redécouvrir sa propre habileté, un tour de main qu'elle croyait égaré depuis longtemps, tout en reniflant un peu de morve et quelques coulures du passé.

Elle s'écarta lorsque Gabriel s'approcha, elle dut croire qu'il voulait vérifier que le carton était bien vide. Il se contenta d'examiner les traits maladroits gribouillés au stylo-bille sur les côtés, pour figurer les montants d'une porte, de deux fenêtres à petits volets. Le carton était une petite maison. Les flics avaient forcé la porte de l'appartement. Poucette s'était cachée dans sa maison.

– Il y avait ça aussi, et ça devait être à la mère. C'est pas mal, dit la fille à la boucle de narine.

Cette fois elle tenait devant elle un boubou de batik chiffonné, jaune et brun, couleur savane et soleil ; du fond de son duvet elle ramena aussi une poignée d'écharpes de mousseline et une veste de survêtement.

– C'est ça que vous venez chercher ?

Gabriel fit non de la tête. Il s'assura que l'appartement ne contenait aucun papier ; le ménage avait été fait. Les chiottes étaient bouchées par une immonde marée brune où ne surnageait aucune lettre ; rien que des débris de journaux. Si Poucette et sa mère étaient bien clandestines, elles ne recevaient pas de courrier. L'appartement était squatté depuis deux ans : c'est ce que la fille des HLM avait répondu au téléphone à Jean-Pierre de Bouchot, nouvel arrivé au cabinet du maire mais déjà en charge des questions de réinsertion.

– Vous n'en voulez vraiment pas ?

– C'est pas ma pointure, dit Gabriel. Si tu continues à ramasser des poussières de crack sur les trottoirs ton cerveau va couler par les trous de ton nez.

Il plongea la main dans sa veste de cheminot, en ressortit un boîtier muni de pustules et d'un écran, et le lui lança. La fille attrapa le téléphone cellulaire au vol et le considéra bizarrement.

– Ça doit bien encore marcher pendant une heure, une heure et demie. Ça peut se revendre contre une dose. Mais on peut aussi appeler quelqu'un avec. N'importe qui viendrait te chercher pour te tirer de ce trou à rats.

C'est elle qui a le choix, précisa encore Gabriel à l'intention du môme.

Il s'en alla sans tirer la porte derrière lui. Ce putain d'escalier l'insupportait.

C'est exactement ce qu'il pensait lorsqu'il tomba, au détour d'une colonne en béton, sur une femme noire et fatiguée qui hissait en altitude un panier de linge.

C'est exactement ce qu'il cessa de penser lorsqu'elle lui parla de Poucette, et de sa maman, et de la Mauritanie. Elle-même n'était pas là le jour de la visite surprise des flics. Elle avait appris par des voisins.

– Mais vous êtes qui ?

– Le garçon d'étage, rigola Gabriel en dégringolant la merveille d'architecture dans l'autre sens.

– Et où est Cassiopée ?

Il ne répondit pas.

## 27 - Où ?

Donc, Poucette s'appelait Cassiopée. Ça ne lui allait pas si bien que ça, jugea Gabriel.

Et merde, qui avait semé des grenades dans la cour de récréation ?

Et c'était où, Chinguetti ?

## 28 - Un tour entier

– Poucette s'était cachée dans un carton.

– Un carton ?

– Un carton déguisé en maison. Avec des fenêtres dessinées au feutre. Évidemment, les flics n'ont vu qu'un carton pendant qu'ils bâillonnaient sa mère.

– C'est dingue, soupira Cheryl en faisant l'idiote.

– C'est enfantin. Comme ces avions à dix plaques le vol que l'on affrète pour reconduire ailleurs des gens qui n'ont pas de chez eux. Et sur la même planète, tu te rends compte ! Sur la même planète ! Le temps de se retourner dans son lit, la Terre a fait un demi-tour, et c'est comme s'ils n'étaient pas partis…

– T'as avalé des trucs ?

Gabriel se retourna. Elle en fit autant, pour suivre, et bascula sur ses hanches à lui comme une cavalière qui se relève après la chute. Comme le monde bascula à son tour, ils recommencèrent.

– C'est une voisine qui m'a raconté son histoire. Elle vient du même village, Chinguetti. C'est au fond du désert juste avant les dunes. Et il faut que je te dise aussi : Poucette s'appelle Cassiopée.

– Je trouve que ça lui va pas mal, dit Cheryl. Mais je me lève dans vingt minutes.

Dans la pénombre en sursis, sauvée par les épais rideaux de la chambre, Gabriel caressa quelques dunes et ranima une poignée d'étoiles. Frissonnante, une rivière retrouva son lit, s'y coula en roulant des hanches. Cambrée, luttant, elle se tortilla jusqu'à avaler sa source. Puis Cheryl tira les rideaux. Le soleil envahit la chambre par ce ventre ouvert sur la réalité.

## 29 - Comme quand

– Je ne vois qu'une chose à faire, dit Massonnat au téléphone : appeler des renforts.

En fond sonore, des trucs grésillaient dans une poêle. Massonnat se fricotait un petit déjeuner d'homme.

– La cavalerie ?

– Comme quand on était mômes, Zorro.

## 30 - Une petite annonce

– C'est pour une petite annonce, résuma Gabriel sur le coup de onze heures.

Julio acquiesça. Dans ce bistrot pour sortie de lycée, quelques glandeurs hésitaient à commencer leur journée.

Des balayeurs s'accordaient un jus parce qu'ils avaient terminé la leur.

Cela faisait réfléchir les glandeurs. Mais à quoi ?

C'était l'heure où le percolateur crachote plus fort que le flipper, où les cendriers sont encore propres, et les oreilles du patron aussi. C'était l'heure où l'on trinque aux illusions, en se carrant le gras sur une banquette trop molle.

– Je vais te faire une ordonnance.

Il y en avait pour un peu moins de cinq mille francs.

Gabriel fit la gueule et regretta d'avoir balancé le téléphone portable à la fille. Puis il dézippa le bas de son blouson : il était fourré aux billets de banque comme un ciré Cotten l'est au polystyrène.

Question de survie.

– Et surtout, tu vérifies la tension de la ligne avant de piquer les pinces. C'est pas que tu risques un coup de jus : seulement de te faire repérer. Un commutateur, ça ressemble à ça.

Puis Julio lui fit un petit dessin. Pour ses quinze ans, jugea Gabriel, il se prenait un peu au sérieux.

– Si tu veux, je peux faire les courses moi-même.

Gabriel allongea la liasse. Pedro avait de drôles de petits neveux. Julio empocha.

La 106 de Cheryl était garée à cheval sur le trottoir. Entre ses jantes fatiguées filait, pulsée par le caniveau, une fontaine d'eau étrangement limpide. Gabriel repartit avec un bas de caisse tout propre et l'autre tout sale. Il bâillait derrière son volant. Gabriel connaissait toutes les humeurs de Paris, et les lumières qui les baignent. Il se dit qu'il préférait celles de ce moment où le matin lâche prise ; entre neuf et dix, l'heure où le café est un plaisir, où les cabas partent, l'œil frais, à vide vers des corvées légumières. Les trimards et les lève-tôt font leur première pause. Les putes ont fini leur nuit, laissent le trottoir aux retraités. Le populo turbine déjà et en sous-sol. À la surface ne restent que les chômeurs et les anormaux. Ils profitent du trou d'air. Dans le café, on s'en fit resservir quelques-uns, juste le temps de ne rien décider.

## 31 - La mine maussade

La Harley ne faisait pas très pro mais Gabriel l'avait décorée de quelques autocollants Europe 1, qu'il avait fatigués en passant dessus un chiffon gras. Il salua d'un coup de menton le vigile de l'entrée planqué derrière ses vitres épaisses et reporta illico son regard sur la barrière. Elle s'ouvrit comme par miracle.

Question d'assurance, pensa Gabriel en béquillant son cheval dans la cour du *Parisien*. Question d'assurance, pensa-t-il encore en saluant en collègue un motard de presse qui enfournait des plis dans une sacoche.

Il assura son sac de photographe sur son épaule et marcha vers le bâtiment de la rédaction, sans attendre les questions auxquelles il n'aurait pu répondre. Le commutateur était à peu près là où il devait être : au fond du parking, contre le mur de l'un des méchants préfabriqués plantés dans cette vilaine cour, qui aurait pu être celle d'un lycée technique ou l'arrière d'un hôpital. L'endroit manquait de romantisme ; on avait dû boulonner les rotos pour éviter qu'elles ne se sauvent.

En sortant la clef triangulaire de sa poche, Gabriel se rappela de garder le front haut et la mine maussade. Les quatre secrétaires en jupes minimales qui descendaient de la cantine, le patron pressé qui fit japper la fermeture à distance de sa 406 garée sur l'emplacement réservé, le type en bleu de travail qui poussait devant lui, comme le char du destin, un chariot à petites roues débordant de ramettes, ne firent aucunement attention à lui.

Question de confiance, se répéta Gabriel, en ouvrant l'armoire de plastique. Il envoya promener les recommandations de Julio et, comptant les lignes à la sortie du boîtier de bakélite, crocha à la bonne franquette une pince dans chacun des deux fils qu'il avait repérés. Appuyant aussi fort qu'il le put avec le gras du pouce, il vérifia qu'elles avaient bien mordu dans le cuivre. Il scotcha comme il put le combiné portable dans un coin de l'armoire, lissant du pouce les bandes d'adhésif qu'il avait posées à l'avance, et vérifia qu'il était en veille. Puis, il referma l'armoire. Renfourchant la Harley, il se paya le luxe de saluer le gardien qui releva à peine la tête. Et même, il attendit que le feu qui bloquait l'avenue Michelet à la sortie du journal lui autorisât le passage.

Le reste fut tout simple : poser le récepteur sur le siège passager de la 106 garée en face du canard – le premier téléphone ne portait qu'à trois cents mètres –, le relier au numéroteur avec une autre bretelle, relier le numéroteur au deuxième portable, qu'il mit en veille. Refermer le couvercle de la boîte en carton qui cachait le tout.

Attendre le soir. Selon Massonnat il était impossible de prévoir la durée d'une rétention administrative. Elle dépendait des horaires des charters, de la longueur de la file d'attente, du taux de surpopulation des cellules et, parfois, de la pugnacité des avocats. Certains étaient plus teigneux que d'autres, à condition que personne n'ait oublié de les prévenir.

## 32 - Le tuyau de la douche

– C'est idiot, ton idée, alors je ne vois pas pourquoi ça ne marcherait pas. Tu as l'image ?

Gabriel lissa d'un revers de coude le chromo fauché dans un magasin de disques. Un poster rétro, avec un Casimir dessus, un vrai : une bonbonne hilare qui dansait sur un pied. Il avait lui-même dessiné la bulle, au marqueur et inscrit le message « Au secours Casimir ! »

En capitales. Avec un numéro de téléphone en dessous. La bulle sortait de la silhouette d'une petite fille à tresses. Gabriel l'avait dessinée comme il avait pu, avec des ronds et des traits droits. Dans une classe primaire, le chef-d'œuvre lui aurait valu trois sur dix.

Pedro en artiste avait ajouté des dents à la bête : des canines pointues qui lui donnaient un air un peu gourmand, et carnivore aussi. Puis il avait scanné la page après l'avoir rétrécie à la photocopieuse.

– C'est quoi, le numéro ?

– Au Pied de Porc. Au pire, ça fera de la pub.

– Un peu moins de six cent mille exemplaires, rigola Pedro. Elle est prête, la demoiselle du téléphone ?

La demoiselle, c'était Julio. Jouer au petit génie bricoleur dans un vrai feuilleton l'excitait à mort. Gabriel, docile, avait donné un coup de main pour décharger la panoplie : un modem US Robotics branché sur le téléphone de la péniche, tellement neuf qu'il n'était pas homologué, un PowerMac 9500 rien que pour supporter le logiciel de compression, un écran supplémentaire. Tout ça alimenté par une batterie de prises électriques coincées entre les tréteaux.

– Je suis sur la sortie réseau, annonça la demoiselle. Il y a des communications mais pas de vocal. Ça veut dire qu'on a branché la bonne ligne.

Julio était encore plus mode qu'en matinée : un gilet de cuir sur un tee-shirt Rage Against the Machine, un jean coupé au genou et des chaussures de chef de chantier à coque et liseré bouton-d'or. Avec ou sans, Julio était capable de téléphoner à l'œil à Seattle et de télécharger une version prototype de Netscape pour pas plus cher. C'est exactement la démonstration qu'il avait faite tout à l'heure, planqué derrière l'adresse Internet d'un armateur anglais client d'un réseau privé. Il avait récupéré le logiciel sur un lecteur Zip gros comme une boîte d'allumettes de ménage. Julio était un visiteur du soir : il dansait de nuit sur les réseaux pour noyer ses appels fantômes dans le brouhaha des communications américaines, en plein boum à la même heure de l'autre côté de la pointe du Raz. Les bourdonnements polyglottes de la quincaillerie empilée devant lui, la danse aveugle des voyants, le battement silencieux du voltmètre alimentaient ses doigts en électricité maligne. Gabriel avait du mal à partager son excitation.

– Y'a tout un monde là-haut, avait dit Julio en levant le pouce vers le plafond bas de la péniche. Je dis là-haut, parce que je pense toujours aux satellites, même si c'est dans les centraux que ça se passe et qu'ils sont souvent en sous-sol. Les conversations des bistrots, c'est plus rien maintenant à côté des bavardages qui se baladent dans l'éther. Maintenant, tu creuses une tranchée pour installer le gaz et tu interceptes une conversation en japonais. Si les piafs savaient sur quoi ils posent leurs pattes ils en deviendraient dingues : le monde jacte en numérique par tout ce qui ressemble à un fil. Des fois, j'ai l'impression d'entendre des conversations dans le tuyau de la douche. Mais tous ces gens qui se baladent avec un bout de fibre optique dans le cul et un haut-parleur accroché à l'oreille, ils ne savent pas que tout est relié à tout… Suffit de faire les bons nœuds aux bons endroits et c'est toi qui tiens les ficelles.

– C'est ce qu'on vous apprend au lycée ?

– Internet en libre accès, au lycée… Je me fais rédiger tous mes devoirs de maths par un prof retraité qui habite la banlieue de Tacoma. À quelle heure il boucle, ce journal ?

– Un peu avant une heure.

Il était minuit trente. Julio, son casque sur les oreilles, était ravi. Il ne quittait pas son voltmètre des yeux.

À minuit quarante-deux l'aiguille quitta le quinze pour monter à quarante.

– Prise de ligne, annonça Julio.

L'aiguille gicla sur le cent.

– Train de sonnerie, reprit-il en enfonçant la touche du modem.

Le Casimir gigotait en noir et blanc, plein écran sur la machine de Pedro. Julio avait piraté la police de caractères du journal dans l'après-midi et Pedro s'était appliqué à recopier le format, les marges et la pagination.

– Ce qu'on n'a pas décidé, c'est ce qu'on va faire sauter.

– Les programmes télé, proposa Gabriel.

– Va pour la télé.

À minuit quarante-quatre, le modem commença de se tortiller. Les loupiotes de réception babillaient comme des folles. Gabriel colla l'oreille à la boîte de plastique posée sur la tranche, grosse comme trois biscottes : un petit nain numérique était coincé à l'intérieur, et grattait pour sortir.

Pedro cliqua sur les icônes qui s'alignaient comme à la parade, toutes les minutes et demie. Tout le journal du lendemain s'affichait en pièces détachées. Pedro approuvait en silence. Machinalement, il redressa un accord de participe et rectifia la typo. Gabriel regardait faire, les mains dans le dos, se sentant vaguement inutile. Un chronomètre à la main, Julio jouait aux aiguilleurs. Il retourna toutes les pages à l'imprimerie, dans l'ordre d'arrivée, correspondant à celui des plaques que les rotativistes allaient tourner. En même temps, il renvoyait à l'expéditeur les protocoles d'arrivée. La ribambelle d'impulsions électriques dégagée en touche par le premier portable, domestique et ne correspondant à aucun numéro, ne pouvait être suivie à la trace. Les pages avaient perdu deux minutes douze secondes dans l'espace-temps et personne ne s'en apercevrait.

Pedro ferma la page télé et la fourra dans la corbeille. D'un coup de souris, il fit glisser à la place la pleine page spéciale.

Julio la récupéra et la colla à sa place dans la

file d'attente. Il la balança sur la ligne, comme les autres.

Pedro avait le triomphe doux-amer.

– C'est tellement facile que ça m'en colle le vertige. Un jour, je leur balancerai un faux journal. Entier. Faux comme un Dali de la première à la dernière ligne. Tu te rends compte, le Poulpe ? Et en plus, ça ne tuera personne. Quand je pense qu'il y a des imbéciles qui se fatiguent à poser des bombes.

## 33 - Yepee !

– Et maintenant ?

– Maintenant on démonte, dit Julio qui les avait à zéro.

Le fourbi fut remisé en deux coups de biceps. Pedro glissa toutes les icônes louches dans la poubelle, vida la poubelle puis vidangea ses disques durs. Gabriel dut reconduire Julio en banlieue dans la 404 bâchée de Pedro : ce petit prétentieux n'avait pas l'âge de conduire et de surcroît, il n'aimait pas ça. Pour la bretelle qui resterait en place et le coup de main, Gabriel lui fila trois mille balles en liquide et deux places en tribune d'honneur pour le prochain match du PSG. Fausses mais en couleurs.

De retour à la péniche, Gabriel rangea la 404, et reprit la Harley. À deux heures, il en planta la béquille entre deux pavés de Pigalle, et s'emmena faire un tour sous les néons. Dans un café de nuit, il but deux Desperado à la santé des anciens gosses. La fille qui le servit était habillée en cow-girl ; une bouteille dans un holster, des verres comme des cartouches dans une ceinture fantaisie, elle servait sa rapido et son rituel à des touristes épais qui s'envoyousaient dans les quartiers moites. La fatigue la faisait grincer des dents. Le bar était de pur aluminium brossé.

Vers trois heures du matin Gabriel fila le train d'une camionnette des messageries qui débarquait les premiers ballots de journaux devant les kiosques. D'un coup de canif il fit sauter le lien de plastique et faucha le premier exemplaire de la pile.

Casimir avait toujours les crocs. Il lançait son SOS pleine page en queue de journal. Gabriel lui trouva l'œil allumé.

Il reposa le journal sur la pile et mit le cap sur Paris-ville. Après avoir essuyé les empreintes sur le réservoir, le guidon et le filtre à air chromé, il abandonna la Harley sur le quai de Valmy, la clef sur le contacteur. Machinalement, il tourna d'un quart de tour le robinet d'essence. Un taxi de nuit le posa à la mairie de Saint-Ouen. Il partit à pied récupérer la 106. Il balança le portable et le numéroteur dans une poubelle.

## 34 - Pas encore fatigué

Gabriel avait appris la rhétorique sur les comptoirs. Il avait appris la politique dans la rue. Il avait appris la castagne sur le tas, volant coups vaches, tours de main et jeux de vilains à des maîtres du trottoir.

Il avait appris à choisir ses livres comme on choisit ses armes ; il piochait à l'instinct dans les rayonnages des trésors trop vaniteux pour montrer plus que leur dos. Il connaissait peu mais savait reconnaître. Pedro lui avait enseigné le respect du matériel.

Cheryl lui avait appris ce que la peau et l'amour ont d'élastique ; ensemble, ils continuaient de réviser leurs leçons. Cheryl ne posait presque jamais de questions. Gabriel avait appris les langues sur des montagnes d'oreillers. Aujourd'hui, il déchiffrait la navigation aérienne dans un manuel relié, sans plus de complexes.

La Desperado lui faisait galoper le cœur ; et ce soir, le Poulpe avait l'impression de courir à rebours sur un tapis roulant.

Il n'était pas encore fatigué.

Il voulait encore apprendre.

Les pieds sur la barre de fer du montant du lit, une main pendant jusqu'à la descente de lit en chenille, l'autre flattant un pack de Chimay rouge payé une fortune dans une épicerie de nuit, Gabriel fit la planche dans le noir sur un matelas de hasard.

Cent dix balles la chambre rue de Rome, un réceptionniste pakistanais qui potassait un livre de physique ouvert sur ses genoux, une clef modèle ancien ouvrant sur un bidet jaunâtre, mal caché par le rideau de plastique fermant un placard réformé. Il ne trouvait pas le sommeil et se demanda à quoi rêvait Poucette, trois cents kilomètres plus haut. La forêt veillait sur elle.

Aimerait-elle voler dans un avion de bois ?

Que foutait-il dans son histoire à elle, et dans toutes celles des autres ? Qu'importait la réponse puisqu'il n'aimait rien tant que s'y débattre ?

Il n'était pas encore fatigué. Il ne savait ni avec qui ni avec quoi il avait rendez-vous dans une poignée d'heures, et décida que l'incertitude lui était plus chère que la peur. Il avait pour lui des bras d'un mètre, un couteau suisse, l'orgueil parfois. Il savait se servir d'un Glock à treize coups comme d'un tournevis cruciforme, et traitait l'un et l'autre avec la même considération distante. Il avait à sa hanche le coutelas de Rahan ; la vanité des fiers à bras pendait sur l'autre. Il savait dégainer quand il le fallait. Dans le noir, il commença de se marrer, à en faire trembler le sommier.

Il lui arrivait parfois, lorsqu'une bagarre suspendait son vol entre deux gnons, lorsque la fatigue qui coulait dans ses bras le faisait divaguer, lorsqu'il galopait au secours de la morale qui le plus souvent ne l'avait pas sonné, de se demander ce qu'il foutait là.

La seule bonne réponse, c'est qu'il adorait ça.

## 35 - Il comprit

Gabriel espérait une réponse rapide.

Elle fut fulgurante.

Son allonge supérieure ne lui servit à rien sur le trottoir du boulevard Ledru-Rollin. Les quatre monstres qui giclèrent hors de la camionnette ne lui laissèrent même pas le temps d'ouvrir les bras. Agrippé comme un ballot, jeté comme un sac, Gabriel atterrit en glissade sur le plancher tôlé du fourgon.

La dernière chose qu'il aperçut fut une paire de pieds à trois orteils, pointure soixante-dix, en feutrine orange vif cousue main. Puis on lui colla un sac sur la tête et quelques coups de pied dans les côtes à titre préventif ou d'échantillon.

Il comprit qu'il devait la boucler.

## 36 - Du louche

Tout cela se passa à un peu plus de cent cinquante mètres du Pied de Porc, et les quatre flics en civil qui en surveillaient l'entrée depuis cinq heures trente du matin ne s'aperçurent de rien. Même pas l'inspecteur Vergeat qui, pourtant, avait flairé du louche, et du vrai.

À six heures trente, l'heure où ils ranimaient la flamme du percolateur, Georges et Maria n'eurent aucune peine à ne pas répondre à des questions auxquelles ils ne comprenaient rien.

À huit heures trente une escouade de journalistes du *Parisien* vinrent aux nouvelles. Ils repartirent avec la recette du pied de porc. Un photographe photographia. Georges posa volontiers avec Maria.

À onze heures, les producteurs de *l'Île aux Enfants* eurent plus de mal à persuader les mêmes qu'il ne s'agissait pas d'un coup de pub. À onze heures trente, l'inspecteur Vergeat entama, avec deux doigts haineusement dactylographes, la rédaction d'un rapport grinçant d'impuissance. Il tâcha avec méthode d'y faire le lien entre les agissements ordinaires d'un gauchiste fantasque ayant ses habitudes bistrotières dans le 11ème, et la présence du numéro de téléphone du Pied de Porc dans le plus vaste message personnel jamais paru dans la presse parisienne. Sa méthode ne le mena nulle part.

Vers midi, un technicien plus futé que les autres trouva dans l'armoire du *Parisien* le combiné pendu par ses bretelles. Dans l'après-midi du même jour, le commutateur fut transporté à l'intérieur des locaux. Deux verrous furent posés dessus : un gros métallique à l'extérieur, et un méchant électronique à l'intérieur.

Vlad avait pris son jour de congé. Certes, c'était par choix : mais lui aussi était sans papiers.

## 37 - Banquette

Le plancher du fourgon était nu et Gabriel servit de banquette aux culs rebondis de quelques Casimirs. Il supposa que plusieurs d'entre eux avaient enlevé leur cagoule : le son des voix se fit plus net après quelques centaines de mètres et la première bribe de conversation qu'il intercepta fut :

– Qu'est-ce que c'est que ce grand couillon ?

Ensuite, ils parlèrent foot. Gabriel fut prié à coups de pompes de se tenir à l'écart de la conversation. Au reste, il ne s'intéressait pas au doublé coupe-championnat et connaissait encore moins Cantona. La camionnette freina et un coup de volant jeta Gabriel contre la tôle. Il entendit valser la porte du fond ; un pied posé sur sa poitrine le dissuada de se lever. Le fourgon tangua : un passager remontait à bord.

Bruit de papier froissé.

Ils commentèrent *l'Équipe*, à plusieurs. Puis remirent leurs cagoules, et Gabriel sur pied.

## 38 - La chanson de Léonard

Deux coups frappés contre la vitre de séparation, et le fourgon ralentit. Gabriel supposa qu'on allait le décharger comme un colis (un colis en souffrance) et s'imaginait déjà le décor.

Cellule en sous-sol, mélodie en bémol.

Coups de matraques et torgnoles.

Le sac de feutrine l'étouffait à moitié. Il tanguait. Sans la poigne qui lui maintenait le col, il serait tombé.

– Qu'est-ce que c'est que ce grand couillon ? reprit la même voix. Il s'imagine qu'il suffit d'appeler les Casimirs pour qu'ils débarquent ? Appelle ta mère, oui ! Quand on ne sait pas se débrouiller tout seul, on reste devant sa télé ! Ils passent des téléfilms : c'est bien, les téléfilms ! Non ? Pas vrai ?

Gabriel était debout lorsqu'on lui arracha son sac. Le fourgon ne cessait pas de rouler. Il s'était juste arrêté à un feu rouge ; et lorsqu'il s'arracha au feu vert, Gabriel valsa en arrière.

Les hublots latéraux étaient assombris par du papier collant, de ceux dont les séducteurs parent l'arrière de leur R5 turbo et les représentants leur 505, quand le panonceau ne mentionne pas la seule présence de chaussures gauches dans la valise posée sur la banquette. La lucarne qui donnait sur la cabine était obturée de la même manière. Le fourgon était à châssis rallongé et toit rehaussé : à six on y tenait presque à l'aise.

Face à Gabriel, cinq dinosaures obèses hochaient la tête.

Avec leurs grands pieds plats, ils tenaient bien la route et se moquant du roulis.

Ils écartaient leurs moignons de bras, comme s'ils avaient été désolés, vraiment désolés.

– Et tu croyais débarquer où… Sur l'Île aux Enfants ? Il faudrait peut-être qu'on te joue un air de flûte aussi, avec une petite danse. Tiens, la chanson du facteur, ou celle de Léonard…

Le Casimir de tête était juste en face de lui. Il collait même son pif sur le sien. Un sourire en scope, plein écran, écœurant. Gabriel recula jusqu'au fond du fourgon, et le sourire devint quintuple. Les Casimirs continuaient de balancer leur tête, doucement, comme si elle avait été montée sur ressort. Gabriel se demanda qui il avait déjà vu faire ces mouvements circulaires. Ah oui, les joueurs à l'échauffement.

Les costumes étaient chouettes. Avec quelques reprises dans les coins, parce qu'ils avaient déjà servi, mais aucune fermeture Éclair apparente. Vraiment chouettes, se dit Gabriel en se demandant quand finirait ce cauchemar à la con.

Le Casimir de tête garda la tête penchée sur le côté. Les idiots font ça quand ils dévisagent un imbécile.

– On chante, les gars ?

Ils chantèrent.

## 39 - Casimir United

Gabriel bloqua les premiers coups, et pas les suivants. Il distribua quelques coups de pompes au jugé : ils atterrirent dans du mou. Impossible de localiser les roustons de ces sales bêtes, s'ils en avaient, ni quoi que ce soit d'autre. Gabriel comprit le pourquoi du déguisement.

Les Casimirs avaient de tout petits bras, alors ils frappaient surtout à coups de pif. Et à vrai dire ce fut un combat bizarre : une bagarre de sumos, de manchots, de cachalots. De l'autre côté de la vitre, le conducteur avait balancé dans l'autoradio du bord une cassette atroce ; les haut-parleurs n'étaient pas montés dans la cabine, mais à l'intérieur. Les Casimirs dansaient là-dessus leur pogo de Casimirs. Le fourgon roulait toujours et Gabriel rebondissait de ventre en ventre, et de tôle en tôle. Il prit des coups sur le blaire, dans les épaules, pleine face, pleines burnes. Les Casimirs s'amusaient comme des fous. Gabriel tâcha d'arracher une collerette, mais en fut dissuadé par un grand coup de genou bien informé.

Les Casimirs ne pratiquaient pas le tabassage en règle : ils jouaient. Incrédule, Gabriel essuya d'un revers le sang tiède et écœurant qui coulait de ses narines. Il se débattait encore mais commençait de n'y plus voir que de l'orange. Il faisait une chaleur d'enfer dans ce panier à salade.

Lorsque le chauffeur remplaça la cassette originale du feuilleton par du Nirvana, balancé plein gaz, les Casimirs se mirent à danser le rock.

– On aime le foot et la musique ! lui cria un

Casimir à l'oreille, avant de le prendre par le coude pour le jeter contre la paroi.

Ils levaient leurs petits bras aussi haut qu'ils pouvaient, tous ensemble. Puis ils les abaissaient, et presque chaque fois, Gabriel en prenait un sur le chou. La sueur et le sang qui coulaient dans ses yeux l'aveuglaient. Il fonça tête baissée dans un ventre : l'oreiller l'accueillit en douceur, mais le renvoya en arrière avec beaucoup plus de vigueur. Un deuxième oreiller fit ressort et Gabriel repartit dans une autre direction. Le troisième Casimir fit un amorti de la poitrine. Le quatrième un contrôle du genou.

– C'est le jeu à la nantaise, gueula un Casimir par-dessus Kurt Cobain.

– Une seule touche de balle, dit un autre en levant son pouce.

– Mais notre spécialité, dit un troisième à Gabriel, c'est le jeu de tête.

Gabriel vit le gros pif prendre de l'élan, puis s'approcher du sien à la vitesse d'un tégévé lancé dans la plaine.

– C'est pour ça qu'on nous appelle le Casimir United !

C'était de la triche, se dit Gabriel qui gicla en arrière, les bras battant l'air comme une paire d'ailes désaxées.

Le pif des Casimirs était sérieusement rembourré.

Il s'écrasa contre le mur du fond.

– But ! hurlèrent les édredons en se sautant dans les bras.

Ses jambes flagadaient. Gabriel jeta l'éponge et se laissa couler contre la tôle, le visage en sang.

Très loin dans l'espace, Kurt Cobain s'éloigna dans un hurlement de guitares et de réacteurs.

Gabriel n'entendait plus qu'un léger ronron. Celui du moteur du fourgon ; ou plutôt le chuintement policé d'un Airbus à vitesse de croisière. La cassette continuait de se débobiner mais il n'entendait plus grand-chose. Il avait une guitare dans chaque oreille.

Bizarrement, il se sentait plutôt bien. Des édredons orange voletaient autour de lui. La camionnette glissait doucement et continuait de traverser Paris, au ralenti. Assis contre la paroi de tôle, Gabriel voyait des gouttes tomber sur son futal, nourrir une mare rouge qui n'en finissait pas de s'élargir. Des petits crocodiles allaient sortir la tête pour lui faire salut.

En caquetant comme Flipper le dauphin.

– Elles sont pas belles, nos chansons ?

Gabriel n'était pas très sûr d'avoir compris la question. Il fit signe que oui, au hasard. Le Casimir bavard était accroupi en face de lui. Son costume était taché. Il avait même des auréoles sous les aisselles.

– Parce qu'on en a plein d'autres en magasin. Hein les gars !

Les gars agitèrent leur gros tarin à ressort, tous ensemble.

Le dernier Casimir, au fond, n'avait rien dit. Il était un peu plus petit que les autres et gardait les bras croisés. Gabriel se souvint d'une chose : celui-là n'avait pas dansé.

– Joie, dit-il avec une toute petite voix flûtée, en se décollant de la paroi d'un mouvement d'épaule.

– Paix, reprirent les quatre autres en baissant leur garde.

– Et gloubi-boulga. C'est bon les gars, fit-il en écartant tout grand ses petits bras.

– Putain de boulot, dit un Casimir qui ôta sa coiffe pour cracher sur le plancher du fourgon. Puis il la réenfila sur ses cheveux rasta.

## 40 - Une autre

Le fourgon ralentit, et finit par s'arrêter. La tête de Gabriel porta contre une cornière boulonnée en renfort sur la paroi tôlée. Gabriel grogna, dans un demi-sommeil pâteux. Il garda tout de même les yeux ouverts ; se demandant si les taches orange qu'il voyait sautiller devant lui appartenaient au monde extérieur. De bien belles montgolfières d'intérieur, soupira-t-il. Lorsque le chauffeur tira le frein à main, sa tête repartit sur la même trajectoire. Il encaissa une autre beigne, au même endroit.

Ses oreilles se débouchèrent. Avant de tomber dans les pommes pendant une fraction de seconde, il eut le temps de supplier que l'on arrête la musique.

Du coup, ce fut le silence qui le réveilla.

## 41 - Joueurs

Le cinquième Casimir s'effaça contre le flanc du fourgon. Les quatre autres sautèrent à l'extérieur après avoir déverrouillé la porte. Gabriel resta assis au fond, comme un gosse qu'on oublie au fond de la classe.

Il ne fit même pas une tentative pour se relever.

Le Casimir s'approcha à petits pas sur le plancher de tôle : exactement comme s'il avait été entravé par une jupe trop serrée. Avec de si petites jambes, jugea Gabriel, il eût plus vite fait de sautiller.

– Ils sont joueurs, dit le monstre gentil en s'accroupissant en face de lui, comme pour examiner l'état de ses blessures.

Il pencha la tête comme les autres. Lui avait l'air sincèrement peiné. Il mit ses mains sur ses hanches et se redressa en arrière.

Gabriel avala péniblement sa salive. Un coup de coude lui avait un peu enfoncé les amygdales.

D'abord.

Ensuite, il y avait ceci : s'il fallait en croire sa voix le Casimir poli était une Casimirette.

## 42 - Rêveuse

Gabriel lui donna une trentaine d'années et de l'éducation. Elle en avait vingt-six. Elle était substitut du procureur de la République détachée auprès du ministre de l'Intérieur.

– Vous vous y êtes pris comment ?

– Je suis passé par les petites annonces, répondit Gabriel très sérieusement.

Il cracha un peu de sang et s'essuya ses lèvres boursouflées avec le revers de sa manche.

– Et elle s'appelle Cassiopée, mais je préfère Poucette.

– Question de goût, dit le Casimir bien élevé, avant que Gabriel ne raconte ce qu'il savait.

Casimirette avait la voix douce, et presque rêveuse lorsqu'elle s'accroupit de nouveau en face de Gabriel et lui prit la main. Elle se blottit contre lui ; elle posa doucement sa grosse tête de feutrine contre son cou : comme si elle-même avait eu besoin de trouver le repos. Gabriel ne s'offusqua de rien.

Elle ne semblait même pas se demander où avaient disparu les amateurs de fouteballe. Comme s'ils avaient su ce qu'ils avaient à faire. Comme si cela n'avait eu aucune importance. Elle, elle semblait tout trouver naturel. Même de blottir sa grosse tête de feutrine dans son cou. Même d'essuyer le sang qui empoissait son tee-shirt, son cou, ses joues, en frottant contre son visage son gros pif moelleux.

Par la fente ouverte au fond du sourire, Gabriel vit ses yeux. Ils étaient de porcelaine bleue, étranges et très grands.

Gabriel glissa. L'hippopotame orange le retint. Elle le laissa poser sa tête sur son ventre, énorme et chaud comme un édredon. Elle avait étendu ses petites jambes devant elle.

Posa une main sur ses cheveux.

– Moi aussi, je vais vous raconter une histoire, dit-elle de sa voix de petite fille dingue.

## 43 - L'histoire de Casimirette

– Il était une fois une petite fille trop rêveuse : c'est ce qu'on lui disait tout le temps. Lorsqu'on la conduisait au Guignol, elle criait plus fort que tous les autres gosses réunis. Lorsqu'elle regardait à la télé les aventures de Casimir, elle se prenait pour Julie, la petite fille qui n'en finissait pas de ne pas grandir. Et une fois la télé éteinte, elle était toujours Julie. Ou une autre. Ou Fantômette. Pourquoi pas ? Hop, la cape ! Elle connaissait bien des petits garçons qui pouvaient traverser toute la cour d'école en fouettant un cheval qui n'existait pas. Eux, ils sortaient du cinoche avec un pistolet à la ceinture. Elle, elle n'avait même pas besoin de ça. Tout son monde était dans sa tête. Elle serrait les dents pour y croire plus fort, et que rien ne sorte.

Ou mieux : le monde tenait dans sa main, il suffisait de fermer les doigts, très fort, puis de les ouvrir et de souffler pour qu'il éclose. Ce que l'on avait imaginé déployait ses ailes.

Elle savait que les animaux du zoo étaient malheureux et qu'ils pensaient toujours à l'Afrique. Le soir, depuis son lit, elle survolait les toits pour aller leur faire la conversation. Casimir existait. Le père Noël existait, le père Fouettard aussi. Et Caroline. Et Superman et les Trois Ours, et Heidi et son grand-père. Et Nils sur son oie. C'était ainsi. Elle n'était ni schizophrène –ce fut l'un des premiers mots qu'elle alla vérifier dans l'encyclopédie lorsqu'elle apprit à lire– ni une enfant perturbée. On la montra à des docteurs : ils lissèrent leur barbiche et décidèrent que l'affaire lui passerait. Un dérèglement psychologique de niveau un au moment où s'affirme une petite personnalité, expliquèrent-ils à ses parents.

Elle n'était pas malheureuse. Plus elle en apprenait sur le monde des grands et plus elle était certaine d'avoir choisi le bon chemin. Elle apprit à ne plus parler aux oies en public. Même pas à l'ours du zoo, qui abritait des petits nains dans sa cabane. Elle se contentait de lui faire des clins d'yeux, et de lui donner des rendez-vous.

Elle n'était pas folle. Simplement...

– CE MONDE-LÀ ÉTAIT BEAUCOUP PLUS BEAU !

Et puisqu'elle s'y trouvait si bien, elle imagina qu'elle n'y était pas seule. En cherchant un peu, c'est fou ce qu'elle trouvait comme signaux en retour. Ces grandes personnes qui font l'enfant. Les fleurs qui penchaient la tête sur son passage. Les peintres maudits. Les chanteurs de chansons idiotes. Les nuages de lait dans la tasse du ciel. Et jusqu'aux gardiens du zoo qui la laissaient s'approcher des cages, parce qu'ils savaient que l'ours ne lui ferait rien.

En apparence cela lui dura jusqu'à son adolescence : à ce moment-là, elle fit seulement attention à garder ses secrets pour elle. Elle continua de rêver, mais plus à voix haute. Elle continua de se méfier des crocodiles qui ronflent dans les égouts, elle continua de croire que les fleurs repoussent pour narguer les jardiniers.

La petite fille qui rêvait trop entama des études de droit, cela rassura ses parents. C'est solide, le droit. On peut caler une armoire avec un Dalloz. À l'école de la magistrature elle choisit le Parquet : c'est solide, un Parquet. Elle continuait de rêver. Elle rêvait d'un monde où les maladroits réparent leurs fautes en peignant les murs. Où les délinquants font traverser la rue au sac des vieilles dames. Où les juges chantent en chœur le code pénal, et assènent des minutes de prison.

Elle n'était pas faite pour les tribunaux.

Mais comme elle savait par cœur autant d'articles de procédure qu'elle connaissait de comptines, elle fut remarquée. Incollable, la gamine. Juriste d'élite, première de sa promotion. Le ministre de l'Intérieur n'était pas fort en thèmes : il l'appela auprès d'elle. Il lui fallait une garantie contre les bavures juridiques, un expert capable de renvoyer dans ses cordes n'importe quel juge, rouge ou teigneux. Le droit sur le bout des doigts, le code à la demande, avec la procédure, la jurisprudence, les alinéas et l'âge de la Cour de cass' : elle fit l'affaire. Capable de roucouler un paragraphe comme d'autres égrènent des poésies. Le code dans la tête, tous les codes. Procédure pénale, droit des affaires, civil, aérien, souterrain, droit du commerce des locomotives ou des baux ruraux, droit de garde ou droit de se taire : tous les articles en magasin. Une perle, disait le ministre.

Avec, sur ses petits genoux, un grand livre d'images ouvert à la page de la jungle féroce.

Plus elle voyait fonctionner le monde, plus ses petits amis lui manquaient. Comme elle continuait d'y croire, elle inventa le Casimir United.

Elle en avait assez des dossiers : elle voulait un

monde qui danse. Que les gens se donnent la main autour de l'arbre magique. Les autres avaient abdiqué : elle s'accrochait. N'est-ce pas ce qu'on lui avait appris à faire ?

Le Casimir United, ce n'est pas elle qui l'a appelé comme ça en vérité. Ce sont les Casimirs qui se sont autobaptisés.

Elle n'avait qu'à se baisser pour choisir, parmi tous ceux qui défilaient dans son cabinet, tous ceux qu'elle croisait dans les commissariats, les cellules de garde à vue, au Palais. Pour eux, c'était deux ans de tôle ou *l'Île aux Enfants*.

Il lui fallait un chauffeur sûr, un ouvreur de portières, un débrouilleur d'alarmes, des types de sang-froid : elle prit les meilleurs. Il lui fallait des petits marrants, des prêts à tout, des bons à rien en attente de grâce, des causes perdues, des sportifs et des joueurs : elle sélectionna sur dossier et mena des interrogatoires poussés. Elle mit des marchés en mains : sur des tables de cantine, dans les couloirs qui menaient aux cellules, dans les antichambres des juges, à la descente des cars. Elle épluchait les pedigrees, sélectionnait sur dossiers d'instruction. Les flics fermaient les yeux : on ne pose pas de questions au porte-serviettes d'un ministre. On lui offre un café, et on le raccompagne en voiture.

Aux vauriens qui ne connaissaient pas *l'Île aux Enfants*, elle expliqua tout. Ils la prirent pour une dingue, mais ils savaient compter. Elle recruta tous les âges, toutes les couleurs. À tous, elle expliquait les avantages du marché et ceux du personnage. Certains n'aimaient pas les déguisements. Mais ils se rendirent à ses principes. Et puis, on ne discute pas avec une dingue qui parle à un ministre, à qui les flics débouclent toutes les portes quand elle lève un petit doigt. Alors, d'accord. Déguisé en Casimir, on n'est pas identifiable : les Casimirs se ressemblent comme des frères. Tous égaux sous le costume. On ne vous tire pas dessus : un Casimir n'est jamais armé. Et quant aux témoins... les témoins ne témoignent que de ce qu'ils ont vu.

Des Casimirs.

La petite fille a trouvé ça follement drôle, de faire appliquer la loi par des Casimirs. Elle leur donnait rendez-vous, louait une camionnette, faisait une tournée de ramassage. Ils montaient avec leur sac et se changeaient à l'intérieur. Les costumes, elle les avait tous cousus sur la machine de sa grand-mère, une Peugeot à pédalier : un océan de feutrine, de l'orange comme dans un rêve. Pas oublier les plis d'aisance : Casimir s'habille large. Du carton fort pour les pieds, un cerceau sur le ventre, un oreiller par-dessus. Un gros pif dessiné à la craie sur le tissu, en tournant autour d'une assiette.

Pour le rembourrer, un gant de boxe. Un vrai.

Avec ça on est presque un Casimir : il n'y a plus qu'à prêter serment.

– Joie, Paix, et gloubi-boulga, pas d'armes, tout dans les bras...

Ah, elle vit chialer quelques durs, la petite fille, lorsqu'elle leur offrait la rédemption. Elle en vit fondre d'autres, lorsqu'elle grimpait l'escabeau pour les adouber, lorsqu'elle posait sur leur tête ahurie la coiffe à collerette, pendant qu'ils répétaient l'enfantin serment. Avec d'autres monstres soumis, plein de monstres pour témoins...

Avec leurs costumes et leurs bonnes manières les Casimirs n'appliquaient pas exactement la loi, mais tout de même, c'était un peu la loi quand même.

La première fois que les Casimirs ont débarqué, c'était dans un magasin de jouets qui ne respectait pas le code d'urbanisme. Extensions sans permis, pas de sorties de secours, et tout ça... Des bricoles pour se faire la papatte. Les Casimirs sont venus à neuf et ils ont embarqué un plein camion de jouets. Tout déchargé en banlieue, au bonheur des mômes. Pas de blessés, pas de bobos. Pas de presse non plus : le ministère a tout calfeutré. Pas par peur du ridicule : par peur du populaire. Qu'est-ce qui peut se passer si les Casimirs se mettent à exister ? Imaginez que l'on y croie vraiment... Ce serait pire qu'une révolution ! C'est ce que la petite fille a dit à son ministre. La petite fille était aux anges. Elle a recommencé. Les marchands de biens et de sommeil qui voulaient souffler un îlot de Belleville ont reçu des visites. Les petits vieux ont applaudi. Et comme la petite fille en avait assez que l'on expulse des familles, les Casimirs ont débarqué dans un centre de rétention. Puis dans un deuxième.

Elle ne lâcha pas la main de Gabriel mais en tapota le dos ; d'un geste rassurant qui pouvait aussi bien être une menace. Gentiment, elle posa son autre main gantée de feutrine sur le front de Gabriel. La main descendit doucement le long du front.

Gabriel ferma les yeux. Les doigts glissèrent sur ses paupières, merveilleusement. Elle étalait du rouge.

Gabriel garda les yeux clos.

– Seulement maintenant, reprit-elle, on ferme.

## 44 - Notre Poucette

Le fourgon était garé place de la Concorde.

Il portait les couleurs d'une entreprise de blanchisserie pour collectivités et les clefs étaient restées sur le tableau de bord. Le Sénégalais qui, sur le trottoir, pêchait le touriste en appâtant à la tour Eiffel plastifiée n'en avait vu sortir que cinq Casimirs, oui, il avait bien reconnu des Casimirs.

On ne pouvait pas confondre.

– Qui t'a fait ça ?

– Des Casimirs, grogna Gabriel pendant que Vlad tirait le fil de sa suture.

Gabriel semblait avoir fait du stock-car sans voiture. Vlad fit la cousette pendant presque une heure, dans la salle de bains de son studio de célibataire.

– Et notre petite Poucette ?

## 45 - Deux canards

Vlad lui avait refait une beauté. Il lui avait aussi délivré une poignée de pilules en couleur. Réchauffé par cette caféine améliorée, Gabriel se sentait parcouru de frissons bizarres. Un courant électrique avait pris possession de ses muscles. Il s'adossa à la grille de fer.

Les dernières petites filles sortaient en courant ; il avait oublié qu'elles jouaient encore à la corde à sauter. Une corde fluo à poignées de plastique, mais une corde tout de même. Les gosses pépiaient tandis que le gardien poussait son monde vers la sortie.

Dans son dos, le jardin du bois de Boulogne avait l'air plus que désert : abandonné par son équipage de nains criards, de poussettes profilées, de parents en chandail, un petit dans le landau, un autre sur les épaules qui toisait son monde et triomphait.

Casimirette arriva en courant comme une folle. Ses chaussures plates faisaient voler la poussière. Elle s'appelait Édith.

Elle avait aussi un rang de perles, le même tailleur que Gabriel lui avait vu à la télé, avec pardessus les bretelles d'un très chic sac à dos en cuir. Elle avait passé les pouces dedans, comme une scoute en excursion. Elle avait le rose aux joues, et une longue écharpe de mousseline assortie. Elle était mince : quasi anorexique, se dit Gabriel avec inquiétude. Elle volait à sa rencontre et faillit le renverser. Gabriel pirouetta sous l'impact. Elle s'empara de sa main, tira fort et fonça vers les grilles.

Le gardien était chenu et moustachu. Il sourit à Édith et même, il sembla s'incliner devant elle. Il sourit à Gabriel. Puis il referma la grille derrière eux.

– C'est parce que je suis une habituée, lui dit-elle en l'entraînant vers les volières. Ici, tout le monde me connaît, depuis toujours.

Elle était un peu essoufflée, juste ce qu'il fallait pour être émouvante.

C'est tout ce que Gabriel lui avait demandé : une adresse. Elle n'en avait pas. Comme il eut l'air déçu, elle lui fit un grand sourire.

– Chinguetti. Il n'y a pas d'adresses à Chinguetti, parce que les rues ne portent pas de nom. D'ailleurs il n'y a pas de rues, pas de trottoirs et pas de goudron : rien que du sable.

– Vous connaissez ?

– J'ai ouvert un guide touristique.

Elle parlait avec une franchise bizarre. Gabriel se demandait où elle avait pris cette manie de toujours garder la bouche ouverte, montrant légèrement les dents : comme si elle avait été toujours prête à gober la monde, toujours prête à ne pas louper une extase. Lorsqu'ils eurent dépassé la cabane du vendeur de guimauve, elle lui prit la main.

– Cassiopée ? Eh bien, la mère de Cassiopée n'avait de dossier nulle part. Pour l'administration, elle n'existait pas et c'est pour cela qu'elle a pu être expulsée aussi facilement. Personne ne savait qu'elle avait une fille, personne ne le lui a demandé non plus. Lorsque j'ai passé des coups de fil, on m'a dit que l'on avait eu un mal fou à lui faire comprendre ce qui se passait, d'ailleurs personne n'était sûr d'y être parvenu. Elle ne parlait qu'un dialecte bizarre, avec un peu d'arabe dedans, mais pour lequel on n'a pu trouver aucun interprète. Un avion passait par là, on l'a fait monter dedans. Elle est partie vers Dakar par Cameroon Airlines puis Nouakchott par Air Afrique. Ah ça, elle criait : ça, tout l'aéroport s'en souvient, parce que tout l'aéroport a l'habitude de se boucher les oreilles. Personne ne veut savoir que ça fait aussi mal. C'est comme ça tous les jours. Il y a les containers, et les immigrés.

– Combien ? demanda Gabriel.

– Une dizaine de milliers, à peu près. Ce sont les chiffres officiels. Les vrais, je ne les connais même pas. Ils sont inférieurs. Les chiffres, c'est de la poudre aux yeux des électeurs. De la poudre de gens. En couleurs.

Édith fit quelques pas chassés le long d'une platebande. Elle tourna sur elle-même pour faire voler son écharpe et ses cheveux blonds mi-longs, les bras écartés. Gabriel se demanda pourquoi il ne la trouvait pas parfaitement ridicule.

Ordinairement, il détestait les surdouées foldingues.

Dans le bassin, les ours jouaient à attraper des feuilles à la surface huileuse de leur pataugeoire. Ils étaient trois, d'une couleur parfaitement caramel. À chaque fois qu'ils remuaient une patte, s'ébrouaient, des muscles roulaient comme des tonneaux sous la fourrure. Ils avaient une grâce de danseuses obèses et amoureuses lorsqu'ils recueillaient, sur le dos de leur main, les feuilles d'acacia grandes comme des timbres-poste que venait ensuite pêcher leur langue. Ils jouaient en silence. Gabriel avait rarement ressenti une telle fascination. Les ours avaient une légèreté de locomotives, de paquebots, de cachalots : comme les barbus de ZZ Top, ils avaient trouvé le moyen de toucher la grâce à force de pesanteur. Cela n'avait rien à voir.

Les pilules de Vlad lui jouaient des tours. Gabriel se demanda si les ours étaient aussi poilus *à l'intérieur*. Il ressentait le contrecoup de la fatigue et des beignes, malgré l'influx artificiel des excitants. Un frisson le parcourut, le secouant plus fort qu'il ne l'aurait voulu. Les ours se balançaient très doucement. Peut-être qu'ils portaient de la fausse fourrure ; mais ils seraient toujours les seuls à le savoir.

Sauf les pigeons qui reprenaient possession des feuillages, sauf les écureuils qui furetaient à découvert, sauf eux deux, les ours, et toutes les bêtes qui s'en venaient doucement gratter au grillage, le parc était désert. Édith vint s'accouder à la rambarde à côté de Gabriel. Ce n'était pas la première fois qu'elle perdait son regard sur les pauvres abris de béton travaillé façon montagnes russes qui servaient de chez-soi aux ballerines à oreilles rondes. Dans leur baignoire en ciment, les ours ignoraient si parfaitement les regards que Gabriel s'en sentit gêné.

– C'est moi ! leur lança Édith, en se grandissant autant qu'elle pouvait, poussant sur la pointe des pieds. Elle raidit ses deux bras sur la balustrade ronde, y appuya son ventre et décolla les pieds, comme si elle s'apprêtait à faire une pirouette. Elle se lâcha d'une main, tendit l'autre vers eux.

Elle se poussa en arrière et retomba sur ses pieds, d'un petit saut de gamine.

– Ils sont bigleux. Surtout Ella, la plus vieille, qui a du diabète. Mais ils ont une oreille du tonnerre. C'est moi, murmura-t-elle encore. J'ai amené un ami.

Les ours levèrent le nez, puis tendirent le cou vers elle dans la lumière du soir, avec un parfait ensemble.

Puis ils retournèrent à leurs origami.

Elle lui reprit la main, Gabriel suivit, docile. Il se laissait tirer sans résister. Elle lui fit visiter le petit autorail, les pupitres des bateaux radiocommandés, les bassins à canards et poules d'eau. Les pieds trop fins des chevaux dépassaient sous les bâches mal tendues du manège. Gabriel avait renoncé à déchiffrer les écriteaux pris dans le grillage, qui signalaient les singes verts ou la chouette d'Aral, le dindon d'Amérique et les outardes. Des silhouettes emplumées, vaguement endormies, se signalaient d'un cri bref ou d'un mouvement de fuite lorsqu'ils passaient au long des cages.

Édith marchait sur les garnitures des plates-bandes, comme elle devait le faire depuis qu'elle avait l'âge de jouer à la danseuse. Elle revint marcher sur les rails miniatures de la micheline, les bras écartés. Elle tourna autour des arbres, pareille à une petite fille qui ferait danser un grand-père. Elle prenait la main de Gabriel, la lâchait. Lorsqu'ils passèrent à côté du platane, elle mit ses deux mains sur sa poitrine et le poussa en arrière. Il trébucha dans une racine et eut à peine le temps de jurer avant de se retrouver collé au tronc. Elle se plaqua contre lui dans le même élan et se hissa sur la pointe des pieds pour l'embrasser.

Gabriel sentit d'abord le goût du sang dans sa bouche : un point de suture avait lâché.

Elle relâcha la pression.

– Je ne suis pas une petite fille folle, dit-elle, et je peux le prouver. Je peux faire ça, aussi.

Elle lui mit la main sur les couilles. Ce fut un geste très décidé, et terriblement doux. Elle recula même d'un pas pour juger dans les yeux de Gabriel de l'effet que ça lui faisait. À un couple de canards qui s'approchait en tortillant du cul – la femelle en pardessus moucheté, le mâle en col vert –, elle adressa un sourire d'enfant de Marie et une petite révérence. Puis elle posa sa tête contre la poitrine de Gabriel.

– S'il faut encore te faire comprendre que j'ai besoin d'aide, je peux recommencer, dit-elle.

Gabriel ne répondit pas.

– Mais pourquoi est-ce que je dois toujours réveiller tout le monde ? Une fois j'ai fait le pari d'embrasser toutes les bêtes du zoo, juste pour compter les princes charmants.

Gabriel avala sa salive, avec juste un peu moins de mal qu'en matinée. Il se sentait en panne de pressurisation.

– Je commence par toi.

Elle recommença.

Les canards vinrent becqueter ses lacets, il les chassa d'un coup de pied. Édith se mit à rire, un peu plus loin. Gabriel aspira un grand bol d'air, chargé de pollens et d'odeurs de feuilles, d'odeurs de bêtes, expira doucement, retrouva son assiette. Édith marchait dans la pénombre, les mains dans le dos. Elle tournait autour de l'arbre. Elle revint se coller à lui par le côté où il ne l'attendait pas. Elle colla aussi ses lèvres dans son cou : les lèvres remontèrent jusqu'à son oreille. Édith n'était pas grande, mais très souple.

Gabriel se dit qu'il en avait assez.

Avec les dents, il défit la petite barrette d'écaille artificielle qui maintenait ses cheveux. Elle l'agaçait depuis le début. Avec les deux mains, il passa à l'action. Édith poussa un petit cri de joie lorsqu'il la colla contre lui. Gabriel fit remonter sa main gauche le long de sa cuisse, pendant que la droite opérait le même trajet, relevant sa jupe sage. Édith se mit à rire, se pressa contre lui, enfonça presque sa tête dans la poitrine de Gabriel tout en s'occupant de sa ceinture.

Et en plus, cette nitouche portait des bas.

Gabriel cracha la barrette.

Il se laissa descendre à terre, entraînant Edith. Elle refusa ; ce fut elle qui le releva, le tira par le pan de sa chemise en direction du manège.

Gabriel courut à sa suite, comme il put. Au passage, retenant son froc d'une main, il utilisa l'autre pour indiquer aux canards la direction à suivre, d'un doigt qui disait tout.

## 46 - Imprimerie de labeur

– C'est une imprimerie de labeur, ici. Pas une casse ! Si tu veux des bagnoles, tu fais comme tout le monde, tu les fauches toi-même.

Même à trois heures du matin Pedro était d'humeur enjouée. Il lança à Gabriel les clefs de la Volvo. Gabriel les loupa. Elles atterrirent en glissade sur une pile d'emprunts russes.

– Des vrais de vrais, avec les moustaches de la tsarine. Tu te rends compte, Gabriel ? Et ils me les paient, en plus. Ils m'ont même fourni le papier original. Qu'est-ce qu'ils peuvent bien en faire ? Ils ont le temps et ils veulent du boulot soigné, vieillissement au four, et tout. Ça a de la valeur chez les collectionneurs, ces machins-là ?

– Ça annonce peut-être un revirement politique, suggéra Gabriel. Imagine : un coup de barre dans l'autre sens…

– J'étais arrivé à la même conclusion, dit Pedro. C'est pour ça que j'ai collé un Mickey dans chaque filigrane. Pour la bagnole, tu veux aussi les papiers ? J'ai ce qu'il faut. Mais la caisse, je la veux après-demain : ils embarqueront les premiers tirages avec.

– Pas de problème, dit Gabriel.

Pedro ouvrit un tiroir. Les cartes grises étaient rangées par marques et par modèles. Il piocha une Volvo 240 turbo millésimée dans la bonne liasse, et ajouta le numéro d'immatriculation au Lettraset sur la table de montage. Il fignola le travail en jetant la carte par terre, et en l'écrasant d'un coup de talon circulaire. Pour l'usure. La voiture avait quinze ans.

– Au fait, reprit Gabriel, j'ai amené une curiosité.

Pedro coinça ses lunettes en position haute : en travers du front.

Gabriel fit un peu de place sur une table, écartant une pile de couché de luxe, cent vingt grammes, toucher soyeux. Il posa à la place un lourd paquet mal emballé dans des chiffons graisseux. Lourd, oui : vraiment très lourd.

Pedro n'essaya même pas de prendre le flingue en main. Il était long comme son avant-bras.

– C'est comme un .45 qui aurait mangé des épinards, dit Gabriel.

La chose était science-fictionnesque Bronzée noir, renflée de partout, gonflée aux stéroïdes, avec un refroidisseur ajouré sur le canon. Ce qui frappait le plus, c'est que la crosse n'était pas moulée à la dimension d'une main normale mais à celle d'un géant. Le magasin contenait des cartouches épaisses d'un doigt, larges comme les balles de mitrailleuse qu'elles étaient bien. C'est avec les mêmes que les as de la RAF inscrivaient leur nom sur les carlingues ennemies en pointillés incendiaires.

Ce flingue était obèse.

Pedro s'approcha de la table, ajusta ses lunettes et se pencha sur la culasse.

– Un Walt Whitman 12,7 ! J'en avais entendu parler, mais jamais vu. Personne n'a des poches assez grandes pour un truc aussi déraisonnable... Il a au moins fallu un cargo pour le faire venir des États-Unis... Et en plus, il paraît que ça fait le même bruit que les canons de Navarone. Où est-ce que tu as trouvé ça ? Au salon du Bourget ?

– Dans le sac d'une fillette, dit Gabriel.

– Haltérophile ?

– Frappée.

Pedro travaillait tard mais en bonne compagnie. Il emporta avec lui la bouteille de Southern Comfort, en empruntant à la suite de Gabriel l'escalier droit qui menait au pont de la péniche. Gabriel tenait le canon de marine dans le creux de ses bras. La tête d'une Budweiser dépassait de chacune de ses poches. Sur le pont, il renifla l'air de la nuit, puis descendit doucement la passerelle, crochant ses talons dans les bardeaux cloués en travers des planches.

Bourré, mais prudent.

Lorsque Pedro alluma sans prévenir le projecteur de pont, il faillit perdre l'équilibre. Deux cents watts de lumière crue blanchirent un océan d'herbes hautes, des collines miniatures qui cachaient des fûts enterrés là dans les années 60, et quelques carcasses de bagnole dont la pluie avait lissé la peinture jusqu'à la dégraisser totalement. Gabriel s'engagea entre les buissons, à la perpendiculaire du chemin de halage sur lequel il avait laissé sa voiture. Il se retourna : Pedro suivait comme il pouvait. Il attendit, sans hâte, qu'il parvienne à sa hauteur.

Pedro lui désigna une Dauphine sans roues, qui émergeait des buissons en contrebas d'un petit monticule.

– Celle-là, j'ai jamais réussi à la déplacer...

Gabriel posa le Whitman entre ses pieds, attrapa une Bud par le cou et la fit glouglouter d'une traite. Il posa la bouteille vide et, accroupi, dut poser le Chassepot sur son genou pour manœuvrer la culasse à deux mains.

– Je recule, dit Pedro. Avec l'artillerie lourde, il y a parfois des effets secondaires.

D'une certaine manière, lorsque Gabriel appuya de ses deux index sur la queue de détente, il ne se passa rien.

Il eut seulement l'impression que l'orage avait un train de retard, parce qu'il se sentit partir à la renverse avant d'entendre le tonnerre démesuré de l'arme lourde. L'automatique vola en l'air, lui gommant au passage un centimètre carré de lèvre inférieure.

Les deux tympans bouchés, Gabriel se mit à quatre pattes. Le bazooka de poche avait volé trop loin pour qu'il puisse le retrouver en tâtonnant dans l'herbe. Il eut du mal à se relever.

Pedro, qui était aussi fait que lui, ne vint pas tout de suite l'aider à se relever. Et il dut gueuler comme un sourd pour lui apprendre que la Dauphine avait avancé de deux mètres.

Ils burent un dernier godet à la santé du Whitman en bord de Seine, en écoutant la vase engloutir le sac étanche. S'il lâchait, il faudrait compter sur le bouchon enfoncé dans le canon. Pedro, qui en avait vu d'autres, ne voulait pas garder un truc pareil chez lui.

– Si jamais il partait tout seul, je devrais retrouver une autre péniche.

Gabriel tâcha de distinguer quelques bulles à la surface du fleuve. Il ne vit rien.

– Confichqué, dit-il en dégainant sa deuxième Bud.

Pedro lui tendit un mouchoir.

## 47 - Postcombustion

Ce petit carré de chair à vif l'excitait carrément. Édith s'était déjà jetée plusieurs fois sur les lèvres de Gabriel, comme si elle avait voulu téter à cette source sanguinolente. Cela donnait un goût bizarre aux baisers, jugeait Gabriel, qui laissait faire en contenant la Volvo.

Il avait lancé *Afterburner* dans le radiocassette. Les barbus offraient au turbo une paire de bars supplémentaires. Avec 150 CV sur le train arrière et des pneus d'époque, la berline d'une tonne et demie n'avait pas besoin de cela pour chasser dans les virages. Gabriel contrôlait Édith et la situation, du mieux qu'il pouvait.

Quand elle ne se ruait pas sur lui en gloussant, Édith battait la mesure sur la casquette du tableau de bord en hochant la tête comme une adolescente. Elle n'avait demandé à Gabriel ni où ils allaient, ni de nouvelles du Whitman. Elle ne lui avait pas non plus demandé son nom : elle le connaissait.

– Il faut bien que les flics s'occupent, avait-elle expliqué si sérieusement que Gabriel s'était demandé si elle ne s'offrait pas sa fiole.

Et alors ?

D'un ongle, il dégoupilla la cinquième. Il suffisait de bousculer le poussoir logé sur le pommeau du levier de vitesse et la boîte s'occupait du reste. Le compte-tours se calma. Édith se redressa sur son siège. Elle n'avait ni écharpe ni tailleur, mais un blouson de jean sur un pantalon de toile, des baskets à trois bandes un peu trop neuves, des lunettes noires, un tee-shirt Casimir.

Dans les courbes de l'A1, du côté d'Amiens, elle tira de son sac un tube de rouge. Elle chercha le miroir de courtoisie qu'elle finit par trouver dans le couvercle de la boîte à gants. Elle se remit du rouge en s'évitant les ordinaires petits mouvements de ruminant satisfait des filles qui se ripolinent. Gabriel apprécia sa délicatesse. Puis Édith laissa abaissé le couvercle de la boîte à gants, la débarrassa de son fatras, fourra les pieds dedans et s'endormit.

Gabriel baissa le son.

Lorsqu'il s'arrêta pour faire le plein, elle gémit vaguement et se retourna sur l'autre côté.

## 48 - Succinctes

Gabriel ne raffolait pas des mondanités. Les présentations furent succinctes. Édith préféra rester dans la voiture tandis qu'il allait frapper à la porte de la maison du fond. En longeant la clôture, il jeta un œil au jardin. Il était désert, comme les voies. Les tessons de bouteille renvoyaient en l'air des éclats du soleil de mai. En haut du talus, la tranche des rails brillait comme une lame affûtée de neuf.

Massonnat était prêt. Il siffla en découvrant la Volvo, et s'installa à l'arrière sans faire d'autre commentaire. Édith se retourna.

– Je te présente les Casimirs, dit Gabriel.

Massonnat se pencha entre les sièges de cuir craquelé, tendit la main.

– Massonnat, Joseph.

Durant le chemin du retour, il fut d'excellente compagnie.

## 49 - La méthode Casimir

– Rien ?

– Rien. C'est la méthode Casimir. Tout dans les bras, ou je ne sais quoi. Demande à Édith, elle te récitera le code d'honneur.

Massonnat fit la grimace.

– Même pas un petit manche ?

– J'ai rien vu, dit Gabriel en se tortillant pour tirer sa fermeture Éclair. Édith l'aida en lui montrant comment faire glisser le vêtement devant lui, avant de le renvoyer dans le dos.

– Toutes les nanas apprennent à faire ça dès qu'elles ont de quoi remplir un peu de dentelle.

Elle pouffa, et Gabriel lui en voulut un peu. Gabriel qui adorait changer d'identité n'avait encore jamais endossé celle de Nounours, et surtout pas le costume assorti. Massonnat était plus à l'aise : sa tête sous le bras, il fit quelques pas devant la glace et se trouva beau. Le costume lui allait comme un gant ; un gant de toilette, à cause des bouclettes. Massonnat s'essaya même à retrouver la voix de baryton de la marionnette. Pom-Po-Po-Pom-Pom-Pom. Gabriel était moins à l'aise : Édith, sa pelote d'épingle à cheval sur le poignet comme une vraie petite main, refermait dans son dos les plis inutiles en réclamant qu'ils se tienne tranquille. Gabriel détestait les essayages. Il avait emprunté la plus grande taille du magasin, mais dû renoncer à enfiler les gants. Il laissa ses avant-bras dépasser des manches.

Massonnat ressemblait assez bien à Nounours. Gabriel ressemblait à un gant de toilette trop large.

Trop maigre, aurait dit Boucle d'Or.

Ils quittèrent les toilettes pour hommes de la station-service par la porte du fond, puis Édith s'installa au volant.

En quelques minutes, ils rejoignirent le périphérique.

Par la vitre de sa portière, Massonnat faisait coucou aux mômes des autres voitures. Les mômes s'en éclataient le pif contre les vitres, frappaient au carreau de leur aquarium roulant que le courant élastique du fleuve tirait en avant ou en arrière, sans qu'ils n'y puissent rien.

Tassé à l'arrière de la Volvo, Gabriel ruminait. Il crevait de chaud. Ils sortirent à la porte de Clichy.

## 50 - En détresse

Édith avait résumé la situation à sa seule intention, avant de se répéter pour Massonnat.

Les Casimirs n'étaient plus ce qu'ils étaient, ils avaient perdu leur âme enfantine. Le tabassage de Gabriel n'en était qu'un exemple : ils jouaient une autre partie. Le conte avait duré six mois. Puis Édith avait perdu le contrôle.

Non seulement, le Casimir United jouait des prolongations à l'extérieur sans l'avertir, mais il trichait. Les Casimirs avaient quitté l'Île aux Enfants. Ils braquaient en indépendants.

– Gabriel, j'ai peur d'avoir inventé la recette d'un mauvais philtre. Ils l'ont copié, Gabriel. Et je crois qu'ils se foutent des enfants.

Sur son bureau, dans l'antichambre du ministre

des matraques et décrets-lois, Édith voyait défiler les messages. Des Casimirs mal fagotés avaient dépouillé un PMU un jour de Quinté Plus, à Évry. De pâles imitations s'étaient offert un péage d'autoroute dans un minibus repeint en orange vif. Les masques étaient en plastique et les flingues en dur. La fièvre du carnaval gagnait la truanderie. Les loueurs de costumes se remplissaient les poches, quand on ne venait pas les leur vider d'office en même temps qu'on embarquait leurs portants. Les casseurs cassaient dans l'enfantin : ils avaient trouvé la faille. Des hectomètres de fax rampaient sur les bureaux des commissaires, recommandant l'arrestation de Mickey, de Pluto, d'Obélix et de Oui-Oui. Pollux avait un mandat sur le dos : il dealait des chaînes hi-fi de contrebande à la sortie des administrations. À Bastille, des marquis de Versailles fourguaient la poudre de leurs perruques. À Rochechouart, Maya l'abeille piquait des bagnoles. Les Casimirs avaient fait école. Pire, ils avaient fait des petits. Édith avait tenté de dissoudre le club : en vain.

Ils étaient devenus grands.

Ils la faisaient chanter.

– J'ai peur, Gabriel.

– Il s'agit d'aider une jeune fille en détresse, avait résumé Gabriel à Massonnat et au téléphone. Elle est franchement givrée mais très rigolote.

Accessoirement, il fallait être deux.

## 51 - La fiabilité est le dernier cri du modernisme

La villa avait des préciosités d'architecte début de siècle, du gravier devant, un jardin derrière, où poussaient le chiendent, le détritus et la Ford Taunus envasée, une plaque émaillée sur les briques vernies du parement de la porte, un heurtoir en cuivre. Vigne vierge, colombages, tourelles : elle portait encore beau, mais se négligeait.

L'apprêt blanc des poutres était passé, les vitres des étages étaient noires d'un demi-siècle de crasse et le dernier coup de pinceau remontait à l'après-guerre. Astiquée, elle aurait ressemblé à un jouet de riche, à une demeure de vieille excentrique à chats, ombrelles et descendance. Plâtrée de crasse, fardée à la merde de pigeons, elle n'était que le souvenir sinistre et renfermé d'une élégance perdue.

On n'a jamais vu s'enrayer un démonte-pneu. La fiabilité est le dernier cri du modernisme. Gabriel et Joseph n'avaient emporté que des outils de confiance. Leur plan d'attaque était pareillement rustique. Ils pulvérisèrent simultanément la porte d'entrée et celle de l'office en poussant de grands cris. Avançant à grands pas les deux ours commencèrent de saluer d'un coup de patte tous ceux qu'ils rencontraient. Ce fut simple comme bonne nuit.

Édith avait dit trois, quatre. Il leur fallut assommer la moitié d'une équipe de foot à coups de semelles, de biceps, de volées et de revers. Ils n'avançaient pas : ils couraient. Ils ne couraient pas : ils volaient comme volent les anges, la victoire, les claques. Par réflexe, certains s'écartèrent pour les laisser passer. La politesse ne leur servit à rien. Gabriel prenait à peine le temps de distinguer les visages avant d'y abattre du contondant.

Il n'était pas furieux, il était pressé. Il tabassait à grandes enjambées. La géographie jouait pour lui et Massonnat : cette maison était toute en couloirs. Gabriel, qui avait disjoncté toute la demeure, et Massonnat qui jouait de la barre à mine comme une majorette, finirent par se rejoindre dans le grand salon ; comme les explorateurs se rejoignent au milieu de la carte.

Ils avaient chacun pulvérisé quatre fâcheux, sans hésitation, sans poser la moindre question, dans le silence relatif des cris de rage et bruits de fractures.

Les deux ours en nage se saluèrent sous le lustre à suspension. Ils n'eurent pas besoin de se reconnaître à leur casque colonial.

Quelques types sans importance extrême gisaient sur les tapis, en travers des portes. Ils avaient adopté des postures variées et tragiques : un vrai Géricault. Bouches ouvertes, bras cassés. Crânes fendus, dents fêlées. À chacun, il restait assez de conscience pour rouler des yeux furieux ; cela rassura Gabriel qui jeta sur un buffet son démonte-pneus, démonte-mâchoires et brouille-tibias.

Les dépouilles des Casimirs étaient jetées en vrac sur des divans boiteux, pendaient à des patères de fer forgé. On avait posé une tête sur un seau à cannes en vrai cuivre, cloué une autre au mur comme un trophée de chasse ; avec une fausse langue en crépon qui pendait comme celle d'un élan surpris par le coup de flingue.

Il traînait quelques Uzi sur la table principale ; personne n'avait eu le temps de s'en saisir. Massonnat frappait sa paume à bouclette avec le bout de sa barre à mine, comme un boxeur qui se souhaite à lui-même quelques rounds supplémentaires pour terminer le travail. Il haletait et machinalement, laissa pendre sa langue entre ses crocs de plastique. Il se pencha pour promener sa truffe sur les crache-massacre, capables de couper une voiture en deux.

Ces composteuses de poche ne s'achetaient plus derrière les bars. On les louait à la journée.

La recette était sur la table de la salle à manger.

Lorsqu'ils étaient entrés, on comptait. Gabriel n'aimait pas ces manières d'épiciers.

Il se dévissa la tête et l'ôta : il étouffait. Il devina la surprise sous le masque de Massonnat, et haussa les épaules. Il retourna la tête de l'ours et, la tenant par une oreille, la remplit de billets sales. Lorsque le saladier fut plein, il le posa sur le sol.

Un rescapé, par terre, semblait en état de comprendre qu'une époque se terminait. Gabriel lui pinça le nez entre deux canons d'Uzi, pour être sûr qu'il retiendrait ses paroles.

– Le Casimir United est dissous. Casimirette ne vous a jamais vus. Vous retiendrez ?

– C'est la foldingue qui vous envoie ?

Gabriel reconnut la voix de l'un des dribbleurs d'élite, entendue la veille. Il reconnut aussi le Casimir de tête à la description qu'en avait faite Édith.

S'il l'avait fallu, il aurait pu réciter son casier.

– C'est ce qu'elle croit, dit Gabriel. Mais j'ai une ardoise personnelle.

La première beigne solda ce compte.

La seconde fut offerte par Poucette, qui n'en sut jamais rien.

– J'ai été très déçu, dit Gabriel en dézippant le haut de son costume. Un moment, j'ai cru qu'on pouvait compter sur les grosses bêtes.

Il tira de dessous son tee-shirt un lion en peluche et un petit appareil photo automatique.

Massonnat était parti faire un tour dans les étages. Lorsqu'il redescendit, le Casimir United était allongé en vrac autour de la table de séjour. Un fil de pêche translucide, fin comme un cheveu, passait d'une paire de mains au tour d'un cou, bifurquait par une boucle de ceinture, repassait par un pied de table pour venir enserrer deux pieds dépareillés mais joyeusement ligaturés. Les deux extrémités du fil se rejoignaient sous la table, à l'exacte intersection des diagonales.

L'une était attachée à la queue du petit lion. L'autre à son cou. De part et d'autre le fil était tendu à l'horizontale.

– La grenade qu'il y a à l'intérieur n'est pas d'exercice. Évitez de respirer trop fort.

Gabriel ajusta dans son viseur les pistolets-mitrailleurs, les costumes de Casimir qu'il avait rassemblés en tas sur la table, les huit cabossés immobilisés autour dans des états de conscience divers.

– Fin de partie, les gars.

Il vérifia que ses doigts n'étaient pas posés sur l'objectif, fignola le cadrage et appuya sur le petit bouton. Le flash déclencha son sourire de magnésium, couina en se rechargeant. Gabriel tripla la photo, par sécurité.

– Si j'entends parler d'un seul Casimir en liberté, je fais autant de tirages qu'il y a de journaux en France. Surtout, continuez à ne pas bouger, ajouta-t-il en tirant derrière lui ce qui restait de la porte.

Ils inversèrent les rôles. Gabriel sortit par le jardin, Massonnat par la grille qui donnait sur le boulevard. Le nettoyage de printemps n'avait pas duré plus d'une poignée de minutes. Le temps d'une catastrophe ferroviaire produite par le croisement de deux trains pelucheux. Gabriel avait le mutisme utilitaire : il n'y a pas grand-chose à dire des accès de violence. Les coups se rendent mais ne se discutent pas.

Massonnat abandonna son costume contre la grille de l'avenue, Gabriel le sien dans un buisson. Dans un sac plastique, offert par un coup de vent et la nonchalance des balayeurs, il fourra les poignées de billets.

Massonnat prit le métro, comme convenu.

– La demoiselle est givrée comme une orange, mais c'est une fille douée, lui avait dit Gabriel. Je pense qu'elle a besoin d'affection.

Massonnat et lui devaient retrouver Édith devant l'entrée du jardin public, où ils l'avaient laissée tout à l'heure. Gabriel avait soufflé à Édith que Massonnat n'était pas tout à fait perdu pour le service public.

– Il a des rêves de gosses. Ce serait dommage qu'ils se perdent.

Gabriel retourna à la Volvo. La maison n'explosa pas dans son dos. Il récupéra la clé qu'Édith, comme il le lui avait demandé, avait scotchée à l'intérieur de l'aile droite.

Lorsqu'il mit le contact, il avait déjà oublié le rendez-vous.

## 52 - Ce qu'il y a de mieux

À Compiègne, il demanda à l'ahuri de la boutique ce qu'il avait de mieux et, contre une poignée de billets, il repartit avec un siège auto pour bébé. Le machin était lourd et malcommode à transporter. Gabriel consulta la notice de montage et la trouva mal foutue. Il dut s'y reprendre à deux fois avant d'installer le baquet, la ceinture était trop courte. Le tissu était imprimé d'une foule de petits animaux exotiques, jetés en vrac comme une poignée de vermicelles colorés.

Gabriel reprit la route, pied au plancher.

## 53 - Toujours en retard

– On fait une bise à Mémé ?

Mémé Trissac jeta sa cigarette sous le tas de bois et serra Poucette contre elle. La voiture attendait, phares allumés, turbo sifflant. Gabriel prit la fillette dans ses bras. Il l'installa auprès de lui sur le siège avant et démarra.

– C'est pas la peine de me regarder comme ça, lui dit-il en enfilant à fond de cinquième les courbes de la Meuse. Les grands sont toujours en retard, tu sais, ça ne veut pas dire qu'ils savent après quoi ils courent. Mince, tu as vu cette voiture ? C'est une voiture de course...

Cassiopée serrait contre elle son Casimir de feutrine. Gabriel était trop fatigué pour le balancer par la fenêtre.

Elle s'endormit un peu avant Rethel. Lorsqu'il s'arrêta à Reims pour faire le plein, Gabriel la couvrit de son blouson.

## 54 - Du sable sur les paupières

Il y avait cinq mendiants à l'aéroport de Nouakchott. Au premier manquait une jambe, au second les deux bras. Le troisième arborait un goitre, le quatrième une balafre triple et boursouflée, qui dégringolait de son cou à son épaule. Le cinquième était aveugle et se cramponna au bras de Gabriel au sortir des cabines de fouille, comme s'il n'avait compté que sur lui pour traverser l'autoroute un jour de départ en vacances.

Gabriel n'avait qu'un sac de nylon en bandoulière et négligea le tapis à bagages. Il fourra une poignée de monnaie dans la main tendue et fila vers la sortie. Cassiopée dormait sur son épaule et ne se réveilla même pas lorsqu'il l'allongea sur la banquette de la Renault 12 maquillée en taxi. L'épave tremblotante s'ébranla sans qu'on lui demandât sa destination. Il n'était que sept heures du soir, la nuit tombait plus tôt qu'à Paris, et la ville marchait.

Elle marchait sur les trottoirs de sable, elle marchait au long des murs poussiéreux ; elle marchait dans la fumée des goélettes privées qui faisaient office de bus, elle marchait sous les banderoles grises tendues en travers de l'avenue, devant les buvettes de planches. Elle marchait un cartable à la main, elle marchait en se tenant la main. Elle flottait en silence dans la moiteur du soir.

Par la vitre baissée de la bagnole surbaissée par la fatigue, Gabriel respira la tiédeur magnifique, les odeurs de crasse et de caoutchouc brûlé, de sel, d'essence. Le nez à la fenêtre, il respira cette étrange absence de fureur, cette fièvre élastique portée par la chaleur du soir et le cliquetis des sandales. La bagnole hoquetait en sous-régime entre les nids-de-poule, en quatrième sur le ralenti pour économiser le dé à coudre d'essence qui ballottait au fond du réservoir. Il y a longtemps que les amortisseurs avaient renoncé.

Il y a longtemps que cette bagnole était morte pour tout le reste du monde, et Gabriel se sentit bien.

Il n'y avait rien à voir à Nouakchott. Dans l'Airbus d'Air Afrique, un Sénégalais qui ne descendait qu'à Dakar, un ghettoblaster palpitant du dernier MC Solaar coincé entre les jambes, s'était fichu de sa poire lorsque Gabriel s'était levé, cogné la tête aux coffres à bagages, avait ramassé son livre, son blouson et Cassiopée.

– Il n'y a que le marchand de sable qui va faire ses courses là-bas…

Gabriel avait descendu la passerelle en se tenant à la rampe, son blouson dans une main, Cassiopée sur l'autre bras. Il lui avait acheté à Roissy un sac à dos miniature qu'elle n'avait pas quitté durant tout le voyage ; il avait fourré dedans ses peluches, et des vêtements choisis par Cheryl lorsqu'ils étaient passés lui dire au revoir.

Son sac à lui contenait l'intégrale de Saint-Exupéry. Dix volumes cartonnés payés une fortune sur les quais.

Gabriel le jeta sur un lit à ressorts de l'hôtel Oasis, le seul qu'il eût trouvé qui ne ressemblât pas à une copie de Sofitel pour techniciens d'ambassade. Puis, il déposa Cassiopée entre les draps, son sac à dos auprès d'elle. Il ne la borda que jusqu'au nombril. Elle respirait doucement. Il ne la réveilla même pas pour lui dire qu'il la ramenait à la maison : il n'était sûr de rien.

Lorsqu'il se fut assuré qu'elle dormait pour de bon, il descendit au bar, où on tira pour lui du frigo une bière sénégalaise, fade mais réelle, déguisée en boîte de jus d'orange. Il s'en fit servir trois autres avant de remonter dans la chambre, qui donnait sur le même patio. Dans son sommeil, Cassiopée se cramponnait à son sac. Machinalement, il l'en débarrassa, l'ouvrit, en tira le Casimir qu'il coinça contre sa joue. Il considéra le lit unique en grimaçant et se rabattit sur un fauteuil tendu de lanières de plastique célébrant les couleurs rasta. Les pieds sur une table basse, il s'endormit tout habillé face au poster d'Ismaël Lô. La chaleur le berça comme une mamma.

Le lendemain à sept heures il était debout. Cassiopée était d'attaque et babillait en poursuivant un chat dans le patio de ciment, entre les tables de tôle et les orangers en pots, pendant qu'il buvait son café. Personne ne lui avait posé de questions. À huit heures trente, Gabriel avait loué dans l'unique agence de la ville un Toyota 4X4 sans chauffeur ; à neuf heures trente, avec l'aide de Cassiopée, il avait fini de décoller les couvertures de neuf des dix volumes de l'intégrale de Saint-Ex, correspondance comprise, et compté les billets qui remplaçaient les pages dans ces boîtes improvisées. Il y en avait pour un peu moins de dix briques. Il laissa le dernier volume de côté. À onze heures, il changea le tout contre une valise de monnaie locale dans l'arrière-boutique d'un tailleur libanais du marché, qui changeait aussi pour une bonne partie des ambassades, et quelques ministres de renom. La boutique n'était qu'une case de béton, mais le coffre-fort qui servait de mur du fond aurait pu servir de logement à une famille entière. À onze heures, climatisation en marche, il prenait la route de Chinguetti.

Après trente kilomètres, il dut, comme les rares autres véhicules qu'il aperçut, quitter le macadam ruiné pour rouler sur le plus vaste aéroport du monde. Quatre cents kilomètres de ligne droite et plate comme une promenade, sans les terrasses ni les tilleuls.

Sans rien du tout, exactement.

Gabriel colla l'aiguille sur le cent et se contenta de fermer les yeux quand le Toyota encaissait l'une des saignées qui coupaient cette dalle infinie. Après Akjout la piste était mieux dessinée et partiellement ensablée. Le 4X4 n'avait pas de turbo, mais le six cylindres de 4,2 litres sortait un couple de camion.

Gabriel s'amusait. Contrôlant la direction d'une main, il jouait à laisser la voiture peiner dans les ornières de sable, pour mieux l'en sortir d'un coup d'accélérateur. Le camion donnait un coup de reins et se sortait du piège en se tortillant, ralentissant à peine, reprenant de la vitesse dès qu'il mordait dans le ferme.

La petite sautait sur le siège à chaque cahot ; Gabriel finit par la ficeler sur le siège passager avec la ceinture de sécurité. Ne trouvant pas de lunettes de soleil à sa taille il avait recourbé les branches d'une paire d'imitations Vuarnet et les avait attachées sur sa nuque avec un foulard de cow-boy. Cassiopée ressemblait à une aviatrice débutante ; au moins, elle était pleine d'enthousiasme. Depuis l'avion, elle parlait.

En traversant le marché d'Atar, Gabriel ralentit juste assez pour se faire indiquer la piste qui se tortillait à travers les montagnes de l'Adrar.

Il n'avait quitté Paris que depuis vingt-quatre heures et roulait comme une brute ; comme s'il s'était agi de feuilleter à rebours une encyclopédie enfantine, un rêve d'exotisme et de sauvagerie, un rêve de savanes et de lions. Il n'en vit aucun.

Cassiopée pleura puis s'endormit, assommée par la fatigue. Gabriel ralentit un peu, pour lui éviter de dégringoler de la banquette arrière où il l'avait allongée. Il était sept heures du soir. Il s'engagea dans des passes de rocaille ; la piste n'en finissait pas de grimper. Elle contournait des canines dressées vers le ciel, filait entre les mâchoires minérales des plateaux. Elle n'était qu'un trait gratté à la surface des cailloux, un fil que les pierres pouvaient rompre, comme elles auraient déchiré sans un mot la carcasse des pneus. Gabriel comprit qu'il franchissait une muraille et que cette muraille protégeait l'essentiel ; il ralentit encore. Au reste, il avait le vertige.

Lorsqu'il jeta la voiture à l'entrée de Chinguetti, la fatigue lui sortait par les yeux.

Il descendit en roue libre, contourna la centrale électrique qui portait, depuis la guerre sahraouie, les morsures rondes des obus d'artillerie.

Il n'avait prévenu personne de son arrivée et, sur le seuil de sa maison, la mère de Cassiopée attendait. Il ne l'avait jamais vue, sauf depuis le haut d'une autre muraille, de béton. Elle était plus jeune qu'il ne se l'était imaginée, plus belle aussi.

Chinguetti était un miracle de dunes et de pierres.

Les gosses jouaient au foot dans les ruelles, rendant aux martinets leurs cris suraigus, copiant leurs trajectoires de hasard et leur orgueil d'équilibristes. Gabriel restait assis sur son bout de mur blanc, les mains dans les poches, les jambes dans le vide. Il avait écourté les adieux.

Il n'avait rien voulu savoir ni recevoir. Il avait ouvert le dernier livre, offert les passeports vierges ; Pedro avait mis tout son cœur à l'ouvrage. Gabriel frissonna. Le vent du soir courbait les palmes, et l'antenne radio de la gendarmerie piquée sur un cube de parpaings.

Cassiopée avait marché toute seule, toute droite

Elle s'était blottie contre sa mère comme on se coule dans l'eau d'un fleuve.

Gabriel était resté sur la berge, à vingt pas de là.

À quatre cents mètres de sa terrasse, les dunes avaient coulé jusqu'aux maisons millénaires, au-delà de la cuvette dorée qui servait de place centrale au village. Des montagnes vivantes, poussées par l'erg depuis les confins du Mali.

Le sable fermait les paupières des maisons. Il étouffait avec une tendresse infinie le pas des caravanes et des marchands, les manuscrits enfermés dans des coffres, les portes de bois peint de cent maisons abandonnées.

Gabriel avait marché entre ces murs éteints, posé ses doigts sur les arêtes tranchantes des pierres. Les lézards qui se blottissaient dans les creux étaient les derniers gardiens de dix siècles de murmures, de cris d'enfants, de youyous des femmes.

Il avait regardé la ville depuis le minaret du caravansérail, qu'on escaladait en prenant appui sur des morceaux de bois piqués dans la terre séchée. Il avait regardé les cours désertes, le labyrinthe des murs de rocaille, cherchant machinalement à y lire les marques de la mort. Il n'avait trouvé que celles de la paix dans ce décor immobile.

La vie ne s'était pas enfuie, elle s'était retirée. Le sable travaillait avec le silence des assassins respectueux.

Il avait le temps, tout le temps du monde.

La ville s'était reconstruite plus loin, vers d'autres sources dénoncées par les taches vert sombre des palmeraies.

Gabriel tint à dormir seul sur la terrasse, une couverture d'étoiles tirée sur lui. Parce qu'il savait qu'il pouvait les toucher du doigt, il n'essaya pas. Au matin on lui apporta du thé et du pain. Quelques gamins le regardèrent faire le plein du Toyota au jerrican, se poussant du coude en regardant le blanc le plus dégingandé qu'ils avaient jamais vu. Il n'essaya même pas de revoir Cassiopée.

Les plus belles conneries sont celles auxquelles on ne résiste pas, et Gabriel coupa le contact du Toyota bien avant d'être entré en ville.

Sur la droite de la route, un vilain mur de parpaings enfermait un alignement de Berliet dépareillés, des piles de pièces détachées, quelques différentiels et des capots rouillés. À gauche, scintillait un océan de misère, des coups de soleil comme des coups de hache sur les plaques de ferraille et les éclats de verre. Des chèvres léchaient les ordures, juchées sur des tôles et des pneus. Le sol était noir de crasse et d'excréments. Les toits des cabanes étaient faits de jute, de bâches de plastique sur lesquelles on lisait la marque des sacs, de branchages à peine équarris. Là aussi des gens marchaient. Gabriel savait qu'il n'avait rien à faire là, tira à lui le sac de billets, claqua la porte du Toyota et s'enfonça dans le bidonville.

## 55 - Trop tôt

Plus tard il perdit un peu de temps à chercher la cabane de Saint-Exupéry, celle dans laquelle Pique-la-Lune avait passé deux ans à surveiller la ligne de l'Aéropostale, et gribouillé quelques histoires de sable et d'avions. La cabane avait été rasée depuis lurette.

Quand il redécolla le lendemain matin, il était trop tôt pour les mendiants. L'Airbus était chargé à ras bord.

## 56 - Looping

Gabriel s'engagea dans le hangar principal, baissa la tête pour ne pas la cogner à l'aile d'un Robin 200 en révision, contourna le local des mécanos et poussa la petite porte du fond. Le deuxième hangar de l'aérodrome de Moisselles était plus petit, plus modeste et moins fréquenté. Ne s'y rendaient, sur la pointe des pieds, que ceux pour qui l'histoire de l'aviation s'était arrêtée à la fin des années 50. Ceux qui préféraient les moteurs en étoile et refusaient le plastique, pour n'aimer que les avions de métal et les improbables reconstitutions. Ceux qui avaient appris à lire dans *le grand Cirque* et connaissaient par cœur tous les rapports de mission du *squadron leader* Pierre Clostermann.

Gabriel n'était nostalgique de rien et surtout d'aucune guerre ; il n'avait qu'un immense respect pour les armes antifascistes. Le Polikarpov amené d'Espagne à Moisselles à l'arrière d'un camion à plate-forme, il y a cinq ans, lui avait coûté depuis le prix de trois ou quatre limousines. Cet avion avait fait la guerre d'Espagne ; il était petit, maniable et teigneux. Il avait mitraillé pour la bonne cause et cela lui suffisait. Les fonds que Gabriel avait investis avaient pour l'instant suffi à hisser le zinc sur son train d'atterrissage. Pour refaire le moteur, la voilure, l'empennage et l'instrumentation, il faudrait le bon ticket du Loto ou quelques dizaines d'années supplémentaires. Ou envoyer un magasinier pointu piocher dans les stocks de pièces détachées de l'industrie aéronautique ex-soviétique.

Cela laisserait à Gabriel le temps de prendre des leçons de pilotage. L'avion était un puzzle dont il fallait façonner chaque pièce. Gabriel les faisait tourner, emboutir, découper et cintrer à l'unité par un champion du pied à coulisse.

Quand il fit dégringoler la bâche qui couvrait le Polikarpov, Raymond sortit de son trou : il fraisait les supports de mitrailleuse d'un Spitfire IX B sur l'étau de son établi. Raymond avait des doigts de fée ; il s'en servait alternativement pour redonner vie à des fantômes huileux et pour compter des billets.

– Mais c'est mon héros de la voltige !

Il releva les lunettes de soudeur qui le protégeaient des copeaux. Gabriel avait reculé d'une dizaine de pas pour contempler le profil épais de sa danseuse. Raymond lui frappa dans le dos. Il détestait ça.

– J'ai trois questions pour toi, lui lança-t-il sans le regarder. Il me faudrait la distance de décollage et la distance de freinage du Poli…

– T'as acheté un petit deux-pièces ?

– Fais pas chier, répondit Gabriel. Je suis fauché, fatigué, et pas d'humeur.

Raymond haussa les épaules. Comme il n'oubliait jamais d'être commerçant, il oublia d'être susceptible.

– Au décollage, trois cents mètres minimum, gaz à fond dès le départ avec démarrage au frein à main. Ça dépend du vent, forcément. Et à l'atterrissage, à peu près autant, mais une seule fois.

– Une seule fois ?

– Parce que les freins à tambour seront tellement cuits à point qu'il n'y aura pas de deuxième essai.

– Ça devrait aller, dit Gabriel.

– Tu veux atterrir sur les Champs ?

– Sur mes Champs à moi.

Gabriel se remit en mémoire le profil de «son» immeuble. Il avait bien compté quatre cent dix mètres. Le drapeau flotterait sur la muraille.

– Et la troisième question ?

– Je me demandais ce que j'aurais pour cent balles.

– Le droit de grimper dedans et de faire le bruit de l'hélice avec la bouche, Ducon.

Raymond décida d'en rester là.

Il tira une pipe de sa poche ventrale et se la colla sous la moustache.

– Tu crois que je bosse à l'œil ? Je suis un ouvrier

qualifié, alors je veux des honoraires qualifiés. Si tu veux soupirer en regardant ton coucou, vas-y, mais je te préviens que ça n'est pas en soufflant dessus que tu le feras avancer.

Gabriel ne l'écoutait plus. Il avait croché une main dans la prise d'air et escaladait la carlingue. Il se laissa couler dans le cockpit branlant, en regrettant une fois de plus que le poste de pilotage ait été dessiné pour la génération précédente, celle qui mesurait rarement plus d'un mètre quatre-vingt-dix. Il se cogna le genou dans le manche, coinça le bout de sa botte sous le palonnier et finit par se mettre à l'aise, la nuque appuyée contre la plaque de blindage.

Il poussa fort sur ses pieds, tâchant d'imaginer ce que donnerait la poussée des 600 CV.

Il fit défiler quelques nuages sur le mur du hangar, par-dessus l'hélice immobile qui se brouilla doucement. Il ferma les yeux. Prit encore de l'altitude, le doigt sur la molette des magnétos.

Le désert était jaune safran sous ses ailes lorsqu'il bascula le manche, jaune comme un bonheur de sable. La côte d'Afrique était une ligne parfaite, une courbe pleine et heureuse. Il déroula au-dessus du ressac immobile un looping très lent, très beau, et qui n'en finissait pas.

Raymond ramassant ses outils vers les huit heures s'aperçut qu'il était encore là, dit merde, décida de le laisser dormir et, avec des précautions de gardien de musée à l'heure de la fermeture, tira la porte sur son rail.

## DERNIERS PARUS AUX ÉDITIONS BALEINE

34. **Le Poulpe** - François Joly
    Chicagone
35. **Le Poulpe** - Michel Chevron
    J'irai faire Kafka sur vos tombes
36. **Canaille/Revolver** - Pierre Filoche
    Le banquet des ogres
37. **Cheryl & Le Poulpe** - Mano Gentil
    Boucher double
38. **Instantanés de Polar** - Bertrand Delcour
    Zen
39. **Le Poulpe** - Mouloud Akkouche
    Causse toujours !
40. **Le Poulpe** - Serge Meynard
    Lapin dixit
41. **Cheryl & Le Poulpe** - Chantal Pelletier
    Lavande tuera
42. **Canaille/Revolver** - Gilles Vander
    Divan terrible
43. **Le Poulpe** - Michel Cardoze
    Du hachis à Parmentier
44. **Le Poulpe** - Jacques Vallet
    L'amour tarde à Dijon
45. **Canaille/Revolver** - Gérard Lecas
    MLF vaincra !
46. **Canaille/Revolver** - Sylvie Picard
    Serial victime
47. **Instantanés de Polar** - Jean-Jacques Reboux
    Fondu au noir
48. **Le Poulpe** - Gérard Lefort
    Vomi soit qui malle y pense
49. **Le Poulpe** - Yannick Bourg
    Les potes de la perception
50. **Cheryl & Le Poulpe** - Aïdé Caillot
    Le Karma saut'ra
51. **Canaille/Revolver** - Dashiell Penac'h
    Le deuil dans le miroir

52. **Canaille/Revolver** - Pierre Fossard
Je suis un assassin
53. **Instantanés de Polar** - Michel Chevron
Les Purifiants
54. **Le Poulpe** - Alain Puiseux
Je repars à Zorro
55. **Le Poulpe** - Alain Bellet
Danse avec Loulou
56. **Canaille/Revolver** - Pierre Cherruau
Nena Rastaquouère
57. **Instantanés de Polar** - Yasmina Khadra
Morituri

## À PARAÎTRE

58. **Le Poulpe** - Cesare Battisti
J'aurai ta Pau
59. **Le Poulpe** - Lucio Mad
Dakar en barre
60. **Cheryl & Le Poulpe** - Stéphanie Benson
Crève de plaisanterie
61. **Canaille/Revolver** - Pierre Filoche
Quand on a que la mort
62. **Canaille/Revolver** - Sylvie Rouch
Zoé s'en va-t-au ciel
63. **Instantanés de Polar** - Pierre Siniac
L'affreux joujou

*Cet ouvrage a été imprimé*
*sur presse Cameron*
*par* ***Bussière Camedan Imprimeries***
*à Saint-Amand-Montrond (Cher)*
*en mars 1997*

– N° d'impression : 1/825. –
Dépôt légal : mars 1997.

*Imprimé en France*